山林刀
五虎崗過客 著
Family Sky
天空數位圖書出版

目錄

一、楔子

那時陳福還是個十五、六歲的小夥子，住在鳳山縣城東便門外不遠處的竹仔腳，每日幫著家裡務農，在兩分地裡耕地，種些地瓜和照顧菜園。十二歲時他爹給他一把柴刀，說是委託鐵舖特製的山林刀，可逢山闢路用，並教他劈柴的刀式，橫砍直劈，側削下剁。此後三不五時，走到八里外的雞母山，劈砍枯枝，撿拾柴火，一路揹到城裡的仙公廟、雙慈亭、天公廟等處叫賣，賺點銅板小錢，貼補家用。

這日，陳福像往常一樣在天公廟旁，叫賣柴火。三個看似潑皮的男子逕直朝陳福走來。當中一個鷹勾鼻的男子對陳福道：「誰叫你在這裡賣柴的？」陳福回道：「沒有人叫我賣啊，是我自己去砍點柴，拿到這裡來賣的。」

鷹勾鼻男又道：「你不知道在這裡賣東西，是要交稅的嗎？」

陳福道：「稅？我在這裡叫賣過，沒有人，就連縣城的官老爺都沒有說要繳稅啊？」

鷹勾鼻男道：「以前是以前，從今天起，在天公廟賣東西就是要繳稅。不繳，就給我滾到別的地方去。」一旁的癩皮張幫腔作勢地喊：「對，滾到別的地方去。」

陳福道：「哪有這個道理？」

鷹勾鼻男道：「反正你就是要繳稅」，說著說著，三人一副好像要掄起拳頭的樣子。

陳福那天生的牛脾氣，倔強的眼神，帶點憤怒的嘴角，一點都不想讓步。

鷹勾鼻男道：「不想繳是不是？」，說完跟另兩人使個眼色，三人一擁而上，對著陳福就是一頓拳打腳踢，把他的兩捆柴丟得到處都是。

四人在廟牆邊打架，路人不想惹禍上身，一旁躲得遠遠的。赤手空拳的陳福哪敵得過潑皮無賴的三雙拳頭和三雙腿，一下子就被打得皮青臉腫。情急之下，掄起柴刀，慌亂中砍了過去。卻沒想到，癩皮張正矮著身子，卯盡全力地想一拳往陳福的肚子打去時，柴刀正好砍在癩皮張的右肩上。一時之間，癩皮張的肩頭血流如注，瞪著大眼睛看著陳福，嘴裡哇哇大叫。陳福嚇得忙鬆手，手足無措地楞在當地。鷹勾鼻男趕緊撐住癩皮張，拔出他肩上的柴刀，另一人壓著傷口。鷹勾鼻男拿刀指著陳福道：「我北門幫一定要你血債血償。」說完後，兩人扶著癩皮張離開。不知如何是好的陳福，一心只想著「我殺了人，我殺了人」，顧不得散落一地的木柴，一路跑回竹仔腳。

北門幫以縣城北門外的赤山為根據地，打著當鋪的幌子，實際上經營賭場，生意著實不賴。一群潑皮平日在賭場當圍事，閒暇時跑到天公廟附近，專找路邊小販收稅。美其名叫收稅，其實就是收保護費，也不知是保護誰。對一般商家，小潑皮可不敢隨意造次，畢竟還有縣城官老爺管著呢。

人說吃喝嫖賭，北門幫就只有開設賭場，卻沒有私娼寮，原因在於城南的南門幫專門經營私娼寮。早些年，城北城南兩幫為搶地盤擴張勢力，械鬥多年，搞得兩敗俱傷，誰也討不了好。兩幫最終達成協議，以南台街為界，兩邊各自經營賭場和私娼寮，各管各地。兩幫暗自劃分勢力範圍，縣衙門不是不知，只是沒搞出人命，引發民怨，也就睜一隻眼閉一眼，多一事不如少一事。更何況逢年過節，兩幫還會送些例禮過來，若要出手，也不能太重，免得斷了上下的財路。數年下來兩幫因此而相安無事。

陳福回到家後，心神不寧，坐立難安，在廳裡走來走去，心想不知那幫人何時會來家裡尋仇，是不是要遠走他鄉避避風頭。想想之後，決定先到雞母山躲一陣子再做打算。陳母見陳福臉上數處烏青，嘴角出血，便問：「你怎麼啦？」陳福不知該如何回答。儘管不是自己先惹禍，這種鬥毆殺人的事怎說得出口，況且還有可能連累家裡，只得含糊道：「沒事啦，下菜園的阿丁找我去岡山牛墟趕集，剛急著跑回來，在路上跌了一跤。我這次大概十天後才會回來。」說完，也不等老母的答話，入房匆匆收拾包袱，帶點乾糧，急忙出門。老母在他背後叫道：「不吃完飯再去嘛？」「不啦，我來不及了。」

鷹勾鼻男扶著癲皮張，罵罵咧咧地到青草堂找王郎中。王郎中一看癲皮張的肩頭傷勢，雙眼眉毛緊縮，道：「這傷及見骨，左手筋脈幾乎全斷，恐怕好不了了。」王郎中先在傷口處上消炎散，再抹上一層獨門青草膏，最後用一條白布包紮，一邊吩咐道：「傷口不要碰到水，五天後再來換藥。」王郎中看著鷹勾鼻男，問道：「阿源，這傷是怎麼來的？跟人打架嗎？」阿源不敢跟王郎中說實話，虛應道：「天公廟旁有個賣柴火的，看見賣菜義的地點好，就想佔他的位子，和賣菜義起口角。我們看不下去，過去說兩句，他就拿著柴刀，不分青紅皂白地砍了過來。哪，就是這把柴刀。」王郎中拿過那把猶帶著血跡的柴刀，看了一眼，認出是打鐵街信利鐵舖打出來的柴刀。信利鐵舖的刀有個與眾不同的地方，一般柴刀的刀刃長十寸，他家的刀刃長有一尺。除了握把較粗外，握把中空處還可以插入木棍，當掃刀用。

王郎中把柴刀還給阿源，道：「知道是誰砍的嗎？有沒有報官府？」「這事哪能報官府！」阿源回道：「不用報官府了，我們自認倒楣。」說完，付了醫葯錢，扶著癩皮張出青草堂，回北門赤山。

「你們今天沒收到稅，還被人砍傷，說，到底是誰幹的？」坐在太師椅上的男子怒氣沖沖地說。「就是一個賣柴的，不肯繳稅，接著就動手。我們這次沒帶傢伙，才吃了虧」：阿源回道。「不知是誰幹的，那我北門幫的臉還往哪擱？以後還怎麼收稅啊？去把這個混蛋給我找出來，非打斷他的狗腿不可。」「是，幫主」：阿源道。

隔日，阿源和四、五個潑皮先到天公廟收稅，順便打聽賣柴小子的來歷。說是打聽，倒不如說是強詞逼問要來得貼切一些。巷弄攤販都是些善良的市井小民，交交稅也就罷了，見到一群青面獠牙，誰還敢多嘴，都推說不知賣柴小子的來歷。阿源見打聽無著落，想起王郎中說柴刀是信利鐵舖打的，或許鐵舖的人知道柴刀的主人是誰，連忙拿著柴刀，去了打鐵街信利鐵舖。鳳山縣城城東東便門的打鐵街遠近馳名，六七家打鐵舖聚集起來的打鐵一條街，可說是城內外農耕、劈材的利器來源。打鐵舖販賣的器具，大的如鋤頭、釘耙、鶴嘴鋤，小的像斧頭、柴刀、鐮刀等，應有盡有。打鐵街的鐵舖也為客人製作特定的刀具，使刀的門派往往會來打鐵街訂製所需的刀。

「這把柴刀是誰買走的，你知道嗎？」：阿源問。

舖裡小伙計看看柴刀，搔搔頭，道：「這是我們家的柴刀沒錯，至於是誰買的，我得翻一下帳簿才知道，你問這個幹嘛？」

阿源道：「這把刀掉在青草堂，王郎中叫我來這裡問問，順便把刀還給失主。」小伙計拿著柴刀，到櫃台後，取出帳簿，逐一核對。片刻後，對阿源道：「是竹仔腳陳家買的，是我們師傅特地為陳家打的柴刀。」阿源拿回柴刀後，一個謝字也沒出口，直接走出鐵舖，回赤山去了。

「這人也真奇怪，真不懂禮數」，小伙計抱怨地說。老鐵匠剛好從屋內走出來，聽到小伙計嘴上嘮叨，問道：「甚麼事啊？」小伙計道：「剛有個人拿把柴刀來問說是誰的，我告訴他是竹仔腳陳家的，他一個謝字也沒說就走了，真是奇怪。」老鐵匠一聽，覺得事有蹊蹺，一股焦躁不安從心底升起。趕忙套上外衣，回頭對立在火爐旁，正推著鼓風爐送氣加熱的大兒子道：「我出去一下，待會回來。」也沒說去哪裡，急急忙忙地往東便門走去。老鐵匠其實也不顯老，約莫五十出頭歲。只因家裡兩個兒子也在鐵鋪幫忙，再加上小伙計共三位年青小夥子在舖裡忙進忙出的，對比起來，老鐵匠不老也顯得老了。

「阿青在家嗎？」老鐵匠一進陳家三合院前的曬稻場就大聲地問。陳母從廚房走出來，一見老鐵匠，道：「阿信兄，是你啊，孩子他爹在屋後劈柴，發生甚麼事嗎？」老鐵匠一言不發地逕直往屋後去。陳家的三合院座北朝南，屋前有曬稻場，屋後有穀倉、柴房和茅廁。柴房旁的小空地，一個身形稍瘦的中年漢子正在劈材。只見那漢子左手一揚，一塊樹幹飛起，右手一劈，瞬間再一橫剁，一塊樹幹頓時分成四小塊。「好刀法，這陳家刀法剁勁十足啊！」

「二哥，是你啊，你就不要抬舉我了，一時興起，胡亂砍個兩刀。這人啊，不得不服老，哪還有當年的氣力啊」，三青道：「今天甚麼風把二哥給吹來啊？」老鐵匠道：「方才有人拿著一把柴刀，來到鐵舖，問柴刀的主人是誰。舖裡的小伙計沒多想，直接告訴他說是你買的。我聽後想想不對勁，你家的柴刀怎會落在他的手裡？看那人一副不懷好意的樣子，可能會對你不利，所以趕忙來知會你一聲。」「有這事，我怎麼不知道？」：三青道。這時陳母走近，把陳福昨日發生的事說了一遍。她也不知道那把柴刀是怎麼丟的。

三青想了一下，道：「多謝二哥相告，我們自會小心。我想，掉了一把柴刀應該是沒甚麼要緊的。」老鐵匠道：「不管如何，還是要小心謹慎，我們都已經隱居這麼久了，希望不會生出甚麼風波才好。」「不會的，吃完飯再回去吧，我們兄弟倆好久沒有喝上一杯了。」「好啊，天色尚早，我們來喝個痛快，誰知明日會發生甚麼事呢？」三青對阿娥道：「準備幾樣小菜，溫兩壺酒，我和二哥好好喝兩杯。」

兩人一杯接著一杯對飲，聊著當年舊事。三青越聊越氣，道：「楊標那廝，為利為權，竟忘恩負義，背叛主君。當日沒有結果他，真是錯了。」

老鐵匠道：「三弟，過了就過了，還提那廝做甚麼？人為財死，鳥為食亡。總是有人貪財忘義，這種人不值得一提。來，再飲一杯。」說完舉杯自乾，三青也乾了一杯。兩人直喝到一輪明月升起，老鐵匠才踏著月色回家。走了兩三步後，回頭問：「你有大哥的下落麼？」「沒有，已經很久沒有他的音訊了。」老鐵匠嘆了一聲，神情有點落寞地走出陳家三合院。

阿源回到赤山北門幫當鋪，把在信利鐵鋪打探到的消息告訴幫主。幫主何東一聽，是竹仔腳陳家的柴刀，要人把副幫主何西叫來，讓他帶著阿源和三名手下，後日一早到竹仔腳陳家討個說法。

一早，何西和阿源等人帶著那把柴刀，到竹仔腳陳家。眾人一到陳家曬穀場，就嚷嚷道：「姓陳的，給我出來。」屋裡屋外無人應聲。阿源走近三合院正廳，猛敲大門，喊著：「陳家人給我出來。」儘管把門敲得如春雷乍響，整個三合院無人回應。何西對凸眼男道：「你到屋後面看看，看他們躲在甚麼地方，不敢出來。」凸眼男繞過東廂房，走向屋後方，乍見柴房空地上血跡斑斑，整顆心頓時糾結緊張起來，驚聲叫道：「這裡有血跡！」處在屋前的眾人一聽，趕忙跑了過來，看見血跡，也是驚恐不已。比較膽小的大頭道：「我們趕快走吧，這不關我們的事。」何西道：「穀倉的門沒關好，阿源你去看看。」阿源不太情願地跨過地上血跡，還沒走到穀倉門，就聽到呻吟聲從倉內傳出。阿源為壯膽，大聲喝道：「誰，誰在倉內？」一時之間，阿源也不知是該進去，瞧一下究竟，還是拔腿就跑？

何西看阿源呆立不動，罵道：「膽子那麼小，飯又吃得特別多，真是白浪費米」。走近穀倉門，推開，嚇了一大跳。只見一男子滿身是血，俯臥在穀袋旁，旁邊一名女子發出微弱的呻吟聲。何西雖然混幫派，平常也就是打打群架，仗著人多勢眾，逞逞威風而已，哪見過這麼血腥的場面。驚嚇之餘連忙把穀倉門關上，只想趕緊逃離。走了兩三步，心想是否該去救那女子，但又怕被誤認是兇手。正在猶豫不決時，大頭大聲叫道：「快走啦，遲了，我們就脫不了干係了。」何西心一橫，三步併兩步快速離去。阿源走時，看看手中的柴刀，隨手便把柴刀丟進柴堆裡。

二、練功

陳福跑到雞母山，躲在廣明寺的後山。雞母山為鳳山縣城近郊的小山丘，山形似一隻展翼的鳳凰，故又稱為鳳凰山。不過，一般販夫走卒管它叫雞母山，因山上長滿雞屎藤。雞屎藤可作為藥用，是老百姓的常用藥草之一。

陳福待在後山，無事可做，找棵大樹，躺在樹上發呆。這時兩位小沙彌從廣明寺後門走來，較高的小沙彌對較胖的道：「我不想練功了。」較胖的驚訝回道：「為甚麼？」較高的道：「羅漢初果到現在都還沒練好，明性大師兄說我練功時馬步虛浮，石輪也舉不到八斤，我想我不是塊練武的料子。其實我更想像明空師兄一樣，當個醫僧，專門醫治世人。」較胖的回道：「練武是累啊，既要蹲馬步，又要舉石輪，還要腿綁沙袋跑山。不過，住持說練武是練身，其次養性。你就努力看看吧。」較高的嘆口氣道：「唉，也沒甚麼辦法，我們趕緊去摘雞屎藤，明空師兄急著要煉製藥草呢！」兩人順著小徑，快步往田寮方向走去。

躺在大樹上的陳福將小沙彌的對話，聽得一清二楚，心想躲在這裡，閒來無事，不如也來去瞧瞧寺裡和尚的練武情形，順便偷學一些。隨即翻身下樹，爬過圍牆，偷偷溜進後院。

廣明寺位在雞母山南尚林，方圓兩里內沒有民家，周遭植有高大群樹成林，為一處幽靜的場所。寺外有田約兩甲，種些稻米、地瓜、蔬菜等農作物，眾僧倒也自食其力。住持釋圓音七十開外，慈眉善目，一套虎鶴雙形拳打得如武松伏虎般地剛強有力，又似鶴嘴啄蟲樣迅捷準確。他的齊眉棍也是南方一絕，無人能出其右，與北部阿善師的金碎棒齊名，有南棍北棒之稱。不過，眾人雖知曉圓音老和尚以拳棍聞名武林，卻少有人見識過他的威力。老和尚常說，拳乃健身，棍以防身，拳棍不是用來逞凶鬥惡的。況且佛家不殺生，也不傷物，視名利如浮雲，無需時時動拳舞棍爭那啥名頭。

廣明寺裡的作息時間相當規律，從早到晚安排大致為扣鐘、早課、拜佛、早齋、戒律、練功(或出坡)、午齋、誦經、練功、晚課和安板。陳福翻牆進入後院矮灌木欉時，正好看見一群僧人和俗家子弟在空地上分群練功。陳福不知道他們到底在練些甚麼，也看不懂，於是以一群俗家弟子為目標，在矮樹叢後有模有樣地比手畫腳。由於陳福專注模擬出招動作，比劃過大，被立在各群前面監督的護院發現。初始，護院也不制止陳福，假意走動指導的方式，慢慢踱步到後院羅漢場中間，再趁陳福轉身之際，一個墊步，躍起，雙臂伸展，像隻展翼大鵬一樣，飛過眾人頭頂，穩穩落在陳福的面前。這時，陳福恰巧轉身過來，與護院打個照面，嚇了一大跳，頓時雙腿發軟，幾乎倒了下去。護院眼明手快，一把抓住陳福的衣領，向右一躍，以旱地拔蔥之姿，越過矮樹叢，把陳福提到羅漢場一旁。羅漢場中練功的一群人被這突如其來的一幕驚得停下手腳，各個目瞪口呆地觀看護院展現的絕佳輕功。

護院看著陳福，口中卻道：「繼續練你們的功」，接著道：「你叫甚麼名字？為何在這裡偷窺我們練功？」眾人聽到後，趕忙各忙各的活。而紅耳赤的陳福囁囁嚅嚅，不知如何開口說才好。

護院看他一臉作賊心虛樣，以較為緩和的語氣問：「你怎麼會躲在這裡？」

陳福回道：「我想練武。」

護院道：「想練武，請你的父母到前堂香客處登記即可，不是躲在一旁，偷學他人武功。」

陳福道：「非常對不住，我不知道要先登記才能進來學武。」

護院道：「看你年紀輕輕，你家住何處？父親何方姓氏？」

陳福回道：「我叫陳福，家住竹仔腳，我爹叫陳三青。」

「陳三青」，護院臉上瞬間閃過一抹驚訝，隨即以先前語氣道：「依照本寺規矩，沒有登記是不能進來習武藝。」

陳福道：「我一直都想學，可我爹不太願意我習武。他說習武之人好鬥，總是惹事生非。可是若不學些武藝，怎能防身呢，更別說危急時還可救人。」陳福說到這裡時，腦海裡浮起被北門幫潑皮圍毆的難堪情景。

經不起陳福的苦苦哀求，護院暫且答應陳福習武之事，道：「你可先在此習武，但得遵守寺裡的規矩。這樣吧，你先到羅漢班練功，其他時間到伙房幫忙。」陳福點頭如搗蒜道：「多謝大師，多謝大師。」

護院道：「老衲上圓下通，乃本寺護院法師。」圓通師父隨即喚來明性師弟，囑咐幾句後，對陳福道：「明性師兄會帶你去羅漢班，你就隨他吧，阿彌陀佛！」雙手合掌一拜，陳福也跟著一拜，隨即跟明性師兄去了羅漢班。

明性師兄對陳福解釋道：「入羅漢班即是入修行道，修行也就是練功的境界，可分為初果、二果、三果和四果等四個層次，日後我會再詳細說明。初果是練武的基本功訓練，以腰部、腿部、襠部、手眼協調和各種步法的練習為主。」說完便將各種動作演練一遍，並要陳福跟著學。沒想到陳福習武的天分極高，不到一個時辰的功夫，就把各種動作練得有模有樣，這大出明性師兄的意料之外。要知若是尋常子弟學這一套基本功，快者總得十天半個月才能學得全，慢的甚至要兩三個月方可證得初果，沒想到陳福竟然能在一個時辰內就學會。明性師兄雖覺得陳福的習武資質非比尋常，但習武為一條漫漫長路，總是快不得。於是告訴陳福：「習武無捷徑可走，必須按部就班，時常練習，如此才能有所成，切忌好高騖遠。今天你就自個兒練習吧，阿彌陀佛。」「是，多謝師兄，阿彌陀佛」，陳福道。

明性師兄離去後，陳福獨自一人練習師兄所教的各種基本功，一遍又一遍，直練到寅卯之交，有位小沙彌跑來叫他，要他去伙房幫忙，準備晚粥。小沙彌將陳福領到伙房後，便交給掌管伙房的果慧師兄。果慧問陳福：「你會做甚麼？」陳福回道：「劈柴。」於是果慧便讓陳福劈柴和看顧灶火。

忙完晚粥，晚課時間倒成為俗家子弟的自由時間，有的隨眾僧讀經，有的在羅漢場三三兩兩切磋武藝。陳福獨自到羅漢場一角，練起初果的基本功。先是腰部的各種動作，前俯、側俯、偷步翻腰、彈甩吊，接著是腿部的壓搬旋踢劈，每一項動作底下又有數項小動作。這一整套基本功練下來，陳福滿身大汗，手腳腰無處不痠痛。幸好陳福自小就到雞母山砍柴，並將成綑木柴挑到天公廟等處叫賣，幾年下來身體長得頗為結實壯碩，且行走山路如履平地。這點小痠痛對他來說並不礙事。陳福把基本功練了兩三遍，直到晚課結束時，才到伙房稍微梳洗。果慧做完晚課後，便到伙房準備明早的早齋。見陳福在伙房，問他：「今晚你睡哪？」陳福回道：「不知道。」果慧道：「你去住福田寮房，是專門給來寺習武的俗家子弟住的地方，明早扣鐘後，先去後山撿拾柴火，柴刀就掛在柴房壁上。」說完便領著陳福到福田寮房，交代俗家弟子陳元幾句話，回去自己的寮房。陳元家住九曲堂，來寺裡練武兩年有餘，目前已是三果階段。

陳元把羅漢班的練功階段大致說明，讓陳福先有個初步了解。原來廣明寺的練武取自羅漢的修行過程，因此入羅漢班即是入修行道。羅漢修行層次有四，初果、二果、三果和四果等四果羅漢。初果鍛鍊基本功，為二果的拳掌腿術奠定扎實基礎。三果練刀槍棍術，最上層為四果，也是最難的一層，練的是內家氣功。人說外練筋骨皮，內練一口氣。筋骨皮好練，只要日日鍛鍊基本功，拳掌腿不會差到哪去。但是練氣功，需懂得呼吸吐納法和十二經絡，是不容易練得成的。一般人大概就練到二果或三果，練到四果的不多。陳元說完後，安板響起，對陳福道：「去睡吧。」陳福點點頭，往靠牆的鋪位走去，一躺下便夢周公去了。

翌日一早扣鐘未響前，陳福已經醒來，想到果慧師兄交代的事，著好衣鞋後，躡手躡腳地往柴房走去。洗把臉，取下牆上柴刀，出了後門，快步往雞母山而去。走了五里路，到了最高處雞冠頂，站在頂上，遠眺大武群峰。此時初夏時分，天色微明，頭頂上群星尚未消盡，仍閃爍不已。陳福見此景，心胸舒暢，正想開懷大喊之際，突瞥見數十丈外有一僧人，似以掌比劃招式。陳福不知僧人使的是掌術或拳法，但見他的招式如行雲流水，手出步隨，步到手配，整套掌術打下來，剛強處似可撼山岳，柔軟處直如風拂面，可謂剛柔並濟。最為奇特的是僧人的手掌，有時握拳，有時出掌，有時十指全張，有時如鉤，有時如爪，簡直是變化萬千。陳福看得目瞪口呆，沒想到武術招數可以練到如此境界。

僧人不疾不徐地打完整套拳，收掌後，微微一笑道：「你來了。」陳福左看右瞧，沒人啊，難不成是在跟我說話嗎？

僧人道：「過來吧。」陳福扭扭捏捏走了過去，忐忑地道：「我不是故意看您練武的，更不是想偷學，是剛好走到這裡，看您正在打拳，那招式真是⋯真是⋯」陳福想不出貼切的形容字眼，只搔搔頭傻笑。

僧人轉過身來，道：「好看，是嗎？」陳福一看才知道是圓通師父，趕忙行個禮。圓通問陳福：「你說你父親叫陳三青，是吧？」

陳福回道：「是，圓通師父，您認識我爹嗎？」

圓通遲疑片刻，回道：「不認識。」又問：「你來這裡做甚麼？」

陳福道：「我是來撿拾柴火的，果慧師兄昨晚囑咐我在叩鐘響後，來山里撿拾柴火。」

圓通道：「那你撿了嗎？」

陳福回道：「還沒有，因為看到師父您在這裡練功，不敢打擾，便站在一旁。」「還不快去？」陳福聽到圓通略帶責備的問句，轉身往樹木茂密處走去，走沒兩步，卻又轉身回來，對著圓通道：「圓通師父，師父可以教我練武嗎？」

圓通回道：「因緣未俱，不可強求，你趕快去撿拾柴火吧，免得誤了伙房。」陳福一聽，向圓通合掌一拜，便自行離去。

這日羅漢場練功，圓通領寺裡僧人上街化緣去，由明性師兄代護院之職，督促俗家弟子練習。明性特意將陳福叫至一旁，要他把昨日學的基本功演練一遍。陳福站定後，從腰腿檔到各種步法，全都演練一遍。明性在一旁觀看時，頻頻點頭稱讚，看陳福已經掌握基本功的要點，便對陳福道：「你的基本功掌握得不錯，基本功乃練武的基礎，必須時時日日練習。若因懶惰而致基礎不穩，使出來的武術不是勁力，而是蠻力。蠻力是一時的血氣之勇，勁力方是武術的可恃之力。等你證得二果時，才能體會出勁力與蠻力之別，這點你要記牢。你自己再練習吧。」陳福聽後道：「謝謝師兄，我會努力的。」

陳福在羅漢場練習個把時辰後，便到伙房幫忙。果慧除要他照看灶火外，也把備料的工作交給他，順便給他一把菜刀，要他料理各類蔬菜。陳福只會柴刀，從未進過廚房拿過菜刀，一時之間愣住，不知該如下刀。果慧看他呆在一旁，笑道：「你會砍柴，不會切菜？」陳福搖搖頭。果慧將菜刀的各種刀工，直、切、推、拉、鋸、壓、拍、滾、劈等飛快說了一遍，並囑咐道：「右手握刀柄，握刀時手腕要靈活有力，左手配合刀法，控制材料，扶、推、轉、翻，懂了嗎？」陳福似懂非懂。果慧續道：「菜刀刀工和長刀刀法，殊途同歸，只要多加練習，兩者皆可達到精熟的境界，還可互用呢！」陳福手握菜刀開始切菜，一開始時，勁力過大，像劈柴似的。果慧笑著對陳福道：「師弟，你是要把砧板給劈了嗎？」

陳福尷尬地笑了笑。一開始切出來的菜，大小不一，長短有別，粗細不均。一回生二回熟，知道如何運用手勁和腕力後，才漸入佳境。

果慧看到陳福處理過後的菜，搖搖頭，也沒辦法，總得下鍋，不可浪費。幸好寺裡的早午齋，菜色簡單不繁複，況且出家人對吃也不甚講究，還應付得過去。

待在寺裡數日後，陳福練功已從初果進入二果，明性師兄開始對他解說長拳的基本要法。長拳乃各家拳術的基礎，共分手型和手法、步型和步法、身法和眼法。手型有拳、掌和鉤，步型有馬、弓、虛、仆、歇等基本五型。明性花了半個時辰才將長拳的基本要法，連說帶演地教了一遍。陳福在一旁聽得津津有味，彷佛進入一個前所未見，聞所未聞的境界。隨後要陳福和一群二果師兄弟，一起演練長拳基本要法。

練功完後，陳福如往常一般到伙房幫忙。在果慧的指導下，陳福的刀工不僅大有長進，就連烹煮炒燉滷等廚藝，也小有進步。端上桌的各式素菜，色香味俱佳，眾人稱讚不已。

三、報仇

如此過了七八日，躲在廣明寺的陳福，一方面擔心北門幫到家裡尋仇，另一方面也擔心父母受他的牽累，這幾日隨著廣明寺僧俗眾人練功，一顆該專注的心偶爾分成兩半。陳福想想也不能老躲在這裡，總得回家瞧瞧究竟。打定主意後，趁上午練功時，向圓通師父說明去意。為了不想讓圓通師父認為他是殺人犯，畏罪潛逃到雞母山，便謊稱說是與父母賭氣逃家，現在想回家看看云云。圓通也沒多問，喉嚨發出嗯嗯兩聲，表示知道了。

陳福回到三合院曬稻場前，有點近鄉情怯，還未進入正廳，便喊道：「爹娘，孩兒回來了。」正廳無人應聲，陳福覺得奇怪，此刻爹娘應該會在家裡才是。打開正廳右房門，裡面卻無人，便轉到東廂房尋找，還是不見爹娘蹤影。陳福繞到後院，見到空地上大片近似黑褐色，已經風乾的血跡，頓感不妙，一陣恐懼不安從心底升起。陳福打開柴房，無人，又打開穀倉門，迎面一股淡薄血腥味，攪得腸胃一陣翻騰。

見到地面、穀袋處處染上血跡，陳福的一顆心幾乎要跳了出來，哭著喊：「爹娘，你們在哪裡？」陳福跑到曬穀場大喊：「爹娘，你們究竟在哪裡？」三合院周遭寂靜無聲，仿佛只剩陳福一人。這時遠處走來一位縣衙公差，陳福邊以衣袖擦去眼淚，邊跑向公差。

「你是陳家人嗎？」公差問。「我是陳福。」

公差又問：「你跑到哪裡去了？」幾乎在同一時間，陳福著急地問：「你有看見我的爹娘嗎？」

公差道：「你的爹娘被害了，屍體暫存在縣府仵作間」。

陳福驚嚇地問：「你說甚麼？你說甚麼？怎麼會這樣，怎麼會這樣，是誰殺了他們？」一連串的問題連公差也無法回答。

公差道：「你跟我到縣府衙門，仵作會說明給你聽，確認無誤後，你便可安葬你的父母。」陳福哭著跟公差到縣府衙門。

一踏入仵作間，公差便指給陳福看，「哪，在那邊。」一看見木架床草蓆上躺著兩個人，陳福頓時嚎啕大哭，雙腳跪了下來，哭喊道：「誰，到底是誰殺了我的爹娘？」這時仵作進來，對陳福道：「小夥子，不要再哭了，人死不能復生，你即便哭啞嗓子，你的父母也不會再醒過來。節哀順變吧！」陳福的哭聲漸緩，轉為低聲啜泣。仵作道：「你父母的傷口，檢驗出刀傷，棍棒傷和毆打的傷痕，致命傷是刀傷，兇手可能三至五人。你娘脖子被抹一刀，作案的人好像有甚麼深仇大恨似的。案發後，衙門捕快正在訪查，一時尚無頭緒，等有消息時，會再通知你。」陳福聽到父母慘死，全身顫抖不已。仵作道：「你確認這是你父母無誤？」邊說，邊掀起蓋在屍身臉上的白布，讓陳福瞧一眼確認。陳福淚流滿面地點頭。仵作道：「你跟我到前台蓋個手印，便可將你爹娘的屍體領回安葬了。」陳福跟著仵作去前台，順便問如何處理後事。仵作囑咐道：「你到南門口永靜巷找寧安槓房，他們會幫你辦妥的。」

陳福的父母就安葬在陳家田地的一角，一個小小的合穴墓。陳福當天晚上睡得並不安穩，從噩夢中驚醒。醒來就到父母的墳前呆坐，直坐到天明。陳福待在空蕩蕩的家裡，房內的擺設依舊，只是至親之人已不在。每想到父母已逝，陳福總是嚎啕大哭。如此過了數日。

這日陳福又坐在父母墳前時，保長向他走來，背後還跟著一位年約十三、四歲的少女，手提一個食盒，裡頭裝了一些吃食。陳福見到保長後，迎了上去，打躬作揖道安。保長問：「陳福你還好吧？捕快有來過嗎？」陳福簡單回答：「還好，沒有。」保長背後的少女，一雙水玲瓏的大眼看著陳福，見陳福望向她，不好意思地低下頭，臉頰泛出緋紅。「這是我女兒秀瑛，每次我出門，總吵著要跟。我給你帶點吃的東西來。」秀瑛低著頭，把食盒遞給陳福。陳福接過食盒後，不知該如何回應，只是默不作聲，也沒有說個謝字。保長見陳福一副哀傷悲戚、失魂落魄的樣子，也沒怪他，問道：「有甚麼需要我幫忙的嗎？」陳福回道：「沒有。」保長嘆了一口氣，道：「唉，父母被害，兇手尚無下落，你心裡一定不好受。現今你孤單一人，今後有甚麼打算？」陳福一臉堅定的說：「我會想辦法找到兇手，要當著他們的面問，無冤無仇，為何殺害我父母。至於今後的打算，目前還不知道，先把家裡整理再說。」「既然如此，好吧，如果你有何需要，便來找我。秀瑛會再送食盒過來，我們回去吧」，最後一句話是對秀瑛說的。保長說完，轉身離去，秀瑛跟在父親的後面，也隨著離開，但走沒兩三步，回頭看看陳福，這時陳福也正看著她。兩雙眼睛頓時對望，一霎挪間兩人都覺得不好意思，陳福低下頭，秀瑛則是快步趕上父親的腳步。

陳福目送保長父女離去後，便開始整理家園，先是整理父母的遺物。槓房的人曾說，遺物可留便留，無須留便燒。陳福整理父母衣櫃時，在衣櫃底層夾箱內，發現一本小冊子。陳福將小冊子拿到曬穀場一瞧，靛青色封面上寫著四個字：陳氏刀譜。翻開一看，竟是刀法招式的解說，共三十六式。陳福看著這本有點破舊的小冊子，心中不免疑惑，不想讓他學武的爹，為何收藏一本刀譜？再細看各式刀法時，發現竟有數招與爹教他的劈柴刀式類似。既然爹教他的劈柴法與刀法類似，為何又不傳授他陳氏刀法？陳福心中生出種種疑惑，但隨著父母被害，已經沒有人能告訴他答案了。

陳福進入正廳，隨手將刀譜放在桌上，把不再需要的遺物，堆放於後院的空地上，點燃一支火把。陳福知道，這火一旦投入那堆遺物，從此父母就只活在自己的心裡了。眼淚汨汨流出，猶豫不決的陳福終究下了決心，將火把投入父母的遺物堆內。

陳福每日晨起，必先到父母墳前上香，之後才做點家事度日。秀瑛也每日送食盒過來，瞧陳福獨自一人，年紀輕輕就沒有了父母，甚為可憐，也幫忙打掃收拾。兩人雖常見面，卻不知該說些甚麼，總是默默無語地做些家事或在菜園幹活。秀瑛每回來去，皆停留不到一個時辰，走時常說一句：「我走了」，便低著頭，往家裡走去。陳福只回：「喔」，目送秀瑛的背影遠去。

這日早晨陳福到後院，先把穀倉沾染血跡之處再徹底洗刷一遍，沾血的穀袋先前就已經燒了。隨後去柴房，接著整理柴房外的柴堆。重新堆疊柴堆時，赫然看到那把柴刀就躺在柴堆之間。陳福拿起柴刀，一幕情景突然湧現在眼前：那是前幾日，在天公廟旁與潑皮鬥毆，一刀砍中其中一人。之後那個鷹勾鼻男，從被砍之人的肩上拔出那把柴刀，道：「我北門幫一定要你血債血償。」血債血償！血債血償！是北門幫殺了我父母，是他們。陳福怒從心生，跑到父母墳前，雙腳一跪，道：「爹娘，我終於知道兇手是誰了，我要為你們報仇。」陳福起身，怒氣沖沖地就往北門奔去。

陳福在北門附近打聽到北門幫的所在地，直跑到大眾當鋪門前，高聲喊叫：「你們都給我出來，你們殺了我的父母，今天要你們血債血償。」阿源一聽外面有人大聲咆嘯，跑出來想一探究竟。一看原來是那個砍了癩皮張一刀的賣柴小夥子。阿源道：「我們到處找，都找不到你，今日你自己倒送上門來」，轉頭向屋內喊：「快來人。」頓時有三個人衝了出來。

陳福對阿源怒道：「是我砍了你們，你們來找我就好了，為什麼要殺了我的父母，我的父母和你們又無冤無仇，為什麼？為什麼？」大聲吼完兩個為什麼後，不待阿源回話，舉起柴刀，衝向他砍了過去。阿源正想這小子是不是瘋了，為什麼說是我們殺了他的父母，正要回話時，一把黑黝黝的柴刀迎面而來，嚇了一大跳，趕忙跳到一旁躲過這雷霆萬鈞的一劈。其他三人也嚇了一大跳，心想這小子是在玩命嗎？連忙舉起門前的竹椅擋在身前，一擁而上，想以三張竹椅架住陳福。可這些竹椅哪堪陳福使盡蠻力的劈砍，一下子就四分五裂。阿源看情形不對勁，衝入當鋪內，喊叫幫主，道：「幫主，幫主，有人來鬧場。」正待在後房泡茶的幫主，聽到阿源沒命地大聲喊叫，以為是有人來劫賭場，從桌上取了一把解腕尖刀，衝了出去。

失去竹椅當護身，屋外三人跑得遠遠的。殺紅眼的陳福看阿源衝入屋內，也衝進當鋪，卻在門前差點與幫主撞個正著，連忙柴刀平掃，退出門外。幫主看陳福退出門外，也不問話，直往陳福刺去。解腕尖刀似匕首，比一般的柴刀長不了多少。兩人的刀具相當，但差別就在幫主的短刀術堪稱一流，而陳福的柴刀就只會砍柴，直來橫去，就是那麼幾招。片刻間，陳福已經被幫主的刺、割、斬短刀法，劃傷好幾處，衣服上血跡斑斑。

幫主看陳福拼命式的打法，不像是來劫賭場的，便往陳福的門面虛刺兩刀，自己雙足尖一點，往後躍了一大步，喊道：「你小子是來做甚麼的，你不要命了嗎？」在一旁的阿源卻惡人先告狀道：「是他，就是他砍了癩皮張。」幫主聽到這句話，感到有點奇怪，砍人的怎會來拼命，不是應該要躲起來才對嗎？對陳福問道：「小兄弟，先停一下，你來我的當鋪到底要做甚麼？」陳福氣洶洶地回道：「我來報仇，我砍了你們的人，是我的不對，但你們為何殺了我的父母？」這下又讓幫主丈二金剛摸不著頭了，「我們殺了你的父母，這話從何說起？」「難道不是嗎？」於是陳福把那日在天公廟旁打架的事情經過說了一遍。

幫主聽完陳福的話後，轉頭嚴厲地問阿源：「是你們殺的嗎？那日回來為何不說？」阿源急著辯解道：「幫主，我們沒有殺他的父母啊，他的父母不是我們殺的。」陳福聽到後，道：「你們到過我家，還把我的柴刀丟在柴堆裡。當日我們打完架後，我的柴刀被你拿去，你說你們北門幫要血債血償，不是你們殺的，會是誰？」

阿源道：「真的不是我們，我們到你家後，發現家裡空無一人，繞到後院找，看見後院空地上有血跡，去穀倉查看，就看到一男一女倒臥在血泊之中。我們當時非常緊張，害怕會被認為是兇手，於是趕緊逃離。我要離開時，見到柴刀已無用處，拿在手上，反而會被誤認，便把柴刀順手丟到柴堆裡，事情的經過是這樣。」陳福不相信阿源的說詞，依舊認定是阿源等人殺了他的父母。

幫主道：「小兄弟，殺人事件非同小可。這事也有幾日了，仵作應當在屍所做過檢驗，他說了些甚麼？」

陳福道：「他說我父母的傷有刀傷、棍棒傷和毆傷。刀傷是致命傷。」

幫主道：「棍棒傷？小兄弟，我們北門幫除了使用短刀護身外，無人使用棍或棒。這點我可以向你保證。如果是阿源他們做的，此刻已經不知跑到哪裡躲了起來，怎麼還會待在這，若無其事一般？況且一人做事一人當，我們也不會濫殺無辜，混幫派也得講道義。」

陳福聽了幫主的說詞後，半信半疑，問道：「那是誰殺了我的父母？」

幫主問：「衙門捕快還沒查到兇手嗎？」

陳福回道：「沒有。」

幫主心想，我們的人應該是在不對的時間去了不對的地方，才會惹出這麼個風波，這事應該是場誤會，於是對陳福道：「這事應該是場誤會，你砍了癩皮張，我們頂多是教訓你一頓而已，沒有必要殺你，更沒必要殺害你父母。無冤無仇，把事情鬧大，招惹官府對我們沒有任何好處。」陳福不信，指阿源道：「可是他說要血債血償。」「血債血償只是嚇唬你的狠話，你只砍了癲皮張一刀，我們犯不著拿你的命來抵。誰殺了你父母，這我們不知道。」陳福的怒氣漸消，但心中的疑惑卻更大。

幫主道：「這樣吧，癲皮張被你砍一刀，你也被我劃好幾刀，我們算扯平。」

陳福想想，也只能如此，打也打不過北門幫幫主，暫且相信幫主，道：「好，暫時如此。不過如果讓我查出你們是真兇，我絕對繞不過你們。」

幫主道：「好。」說完便進當鋪內，其他人也跟著入屋。

陳福站在當鋪前，茫然不知下一步該如何走，若北門幫不是兇手，那兇手會是誰？想到方才與幫主對陣時，幫主的短刀術高他不知好幾倍。仵作說兇手有三到五人，且拿刀和棍棒，倘若查獲真兇，憑這把柴刀怎麼對付得了？難道父母的血海深仇就這樣算了嗎？就任他們死得不明不白嗎？不，絕對不！這時陳福想起在父母衣櫥內發現的那本陳氏刀譜，既然叫做陳氏刀譜，它必然是我家祖傳的刀法。對，我應該去廣明寺，懇求圓通師父教我刀法。一打定主意，便往家裡跑去。

回到家後，陳福先把血跡斑斑的衣褲換掉，拿起放在桌上的陳氏刀譜，收拾簡單包袱，鎖上正廳門後，到父母墓前跪拜，道：「孩兒此去必找出真兇，替你們報仇。」陳福離去時，頻頻回首三合院，心中說我會再回來。走到路口，見秀瑛迎面而來，趨上前想拜託秀瑛一件事，卻不知該如何稱呼她，於是就怯怯地道：「ㄟ，有件事想拜託妳。」秀瑛聽他叫自己ㄟ，噗哧笑了一聲，道：「ㄟ，我有名有姓。」陳福道：「阿瑛，我要出趟門，妳可以幫我照顧我家嗎？」說完就把三合院的一串鑰匙交給她。秀瑛愣了一下，問：「你要去哪裡？」陳福不敢將學武、追兇、報仇的事讓她知道，推說要去岡山牛墟，幫下菜園阿丁辦件事，可能要好幾天才會回來。秀瑛道：「好」，便接過鑰匙。陳福再三道謝：「我會快去快回。」秀瑛目送他離去，望著那一串鑰匙，嘆了一口氣。

往後日子裡，秀瑛每隔三五日便到陳家打掃擦拭，也代陳福到他父母墳前上香。

四、療傷

陳福回到廣明寺，想從後門進入，不料卻在後門前遇到較高的小沙彌。小沙彌問：「你跑去哪裡了？這幾日怎麼沒見到你，很想嘗嘗你的滷豆腐，你可是我們的飯頭師父啊。」陳福道：「我回家一趟，幫家裡辦些事。今日事情辦完，就回寺裡來」，接著問：「圓通師父在嗎？」小沙彌回道：「圓通師父化緣去了，圓通師父每年都會去中土化緣，少則一個月，多則兩三個月。這次也不知他何時會回來，你找他有甚麼事嗎？」陳福道：「沒甚麼事，就是想見見圓通師父」，陳福又說：「很不好意思，我該如何稱呼你？」小沙彌笑道：「我們都知道你叫陳福，你卻不知道我的法名！我是沙彌淨空。」「原來是淨空師兄，阿彌陀佛」，陳福雙手合掌一拜。

淨空也合掌一拜，道：「阿彌陀佛」，卻見到陳福的上衣衣袖滲出血跡，驚訝地問：「你的衣服怎麼會有血跡？」陳福一看自己身穿的上衣衣袖，才發現左右兩邊好幾處血跡，方才想到是與北門幫幫主對陣時，留下的傷口。在家裡只換了衣服，傷口卻一直都沒處理。再加上剛才從家裡一路跑來寺裡，想是用力過甚，以至於傷口流出血來。陳福不敢跟淨空說有關對陣一事，扭扭捏捏地不知該如何答話。淨空看他欲言又止的樣子，也不追問，道：「你跟我來，我幫你處理傷口。」陳福隨淨空去了藥草房。

廣明寺的藥草房乃是寺裡處理各種內外傷的地方，就在眾僧寮房的後面。陳福一進入藥草房，入眼全是一小格一小格的小抽屜，幾乎排滿半個牆面，抽屜握把處貼著小紙條，標示該抽屜存放的藥材。一股濃厚的藥草味竄入陳福的鼻子，一開始覺得有些嗆，片刻後卻是芬芳無比。進藥草房後，淨空向陳福解說藥草房內各種陳設、藥草種類與功用、處理藥草的器具等。

淨空滔滔不絕，說得不亦樂乎，忘了帶陳福來藥草房，是要處理他的外傷的。陳福聽得津津有味，眼界大開，也忘了是要來療傷的。

「哎喲，」只聽見淨空呼喊一聲，「我竟然忘了要幫你處理傷口，真是對不住。」陳福道：「不急，我今天真是大開眼界了，多謝師兄。」淨空頗為得意地說：「這裡才是我練功的地方，除了這裡外，在王寮還有一處廣明別院，專門收治傷勢較重的患者，是一處靜養之所」，接著要陳福解下上衣。陳福解下上衣後，淨空一數，道：「有五處傷口，左手三道，右手兩道，看來都是小傷。不要緊，我們廣明寺炮製的青草膏，不僅味道清涼，更是療傷聖品，包准兩日見效。」說著說著，把青草膏塗抹在傷口處，陳福頓時覺得傷口一陣清涼，疼痛舒緩許多，連忙感謝淨空。淨空道：「說甚麼謝呢？可以幫你處理傷口，這份福報得來不易啊。平常都是明空師兄在處理，師兄說我的療傷火候不足，還要多多學習。」陳福一聽，被當作是練習的對象，笑了笑。

陳福在等待圓通師父歸來的日子裡，無非就是砍柴、挑水、在伙房幫忙和練功，偶爾在淨空的好意邀請下，到藥草房，學著認識草藥的種類和功效。幸好等待的日子並沒有很久。

數日後，圓通師父回來了。圓通先到住持寮房，向住持師兄稟報此次外出化緣的經過，隨後回到自己的寮房。陳福一聽到圓通師父回寺的消息，馬上到師父的寮房外等候。圓通一見到陳福，道：「你回來了，進去吧。」

陳福跟著圓通師父進房，等師父坐定後，雙膝下跪，跟師父磕頭。圓通大吃一驚，連忙要他起身，問：「發生甚麼事嗎，為何行此大禮？」陳福沒有起身，哭著說：「師父，弟子的父母被殺了。」圓通的臉上表情震驚、不可置信，「怎會如此？」陳福把事情的經過，老老實實地說了一遍。末了，從懷裡拿出陳氏刀譜，懇求圓通教他陳氏刀法，好為自己的父母報仇。

圓通扶起陳福，先要他坐在一旁的椅子，拿過那本陳氏刀譜，隨意翻翻，便還給陳福，道：「這是你家的刀譜，你先收起來吧。等到因緣俱足，老衲會詳細解說給你聽。」陳福以為圓通已經答應教他刀法，只是自己目前的功夫尚未到家，還無法領略刀法的奧秘。陳福連聲說好。圓通又問了陳福父母遇害的種種經過，邊聽陳福敘述時，眼睛看著窗外，思緒飄到遠方。等陳福說完，圓通道：「阿彌陀佛，你的父母已往生，進入另一生，進入佛國淨土，你不用過於傷心。雖然生死兩隔，不能再見，父母的身影依舊留存在你心中。你的身上延續著父母的生命，你必須盡心盡力貢獻你的能力，不求任何回報，這就是行菩薩道。你了解嗎？」陳福道：「多謝師父開導。」「去做你該做的事吧。」：圓通道。陳福起身，合掌一拜：「阿彌陀佛」，走出圓通的寮房。

陳福走後，圓通坐在蒲團上，打坐運氣，但身心無法安靜下來，意識總是雜亂。練功、習藝、守衛、廝殺、逃亡、分手，過去種種如秋天落葉般片片落下。圓通眼睛睜開，嘆了一口氣，自己的修行還是未能達到勘破生死的境界，罷了。

今日陳福起得晚些，耳聞扣鐘聲時方才驚醒，連忙小跑步去雞母山，撿拾柴火。將到雞冠頂時，卻見頂上五人以五芒星位圍住圓通師父。站正北方位的男子，氣地神閒，雙手負在背後。東北方位男子手持狼牙棒，眼神兇狠眼直瞪著圓通。東南和西南方位的兩人，各握一把刀，斜橫在胸前。西北方位男子手無持武器，雙拳緊握。

正北方位男子對圓通道：「只要你說出那個人的下落，我們會手下留情，饒你一命。」

圓通回道：「貧僧不知施主此言何意，施主是不是認錯人？」

「認錯人？哈哈哈」，那男子笑道：「你們藏得深，的確很難找，但再怎麼藏，江湖再怎麼大，我們總是有辦法尋到蛛絲馬跡的。這不是找到你了嗎？」

圓通道：「找貧僧？施主為何要找貧僧，貧僧與各位有何過節？」

持狼牙棒的男子叫道：「老大，不用再跟他囉嗦，他不說，就先吃我一頓狼牙棒。」說完，雙手舉棒以劈山之勢，想要給圓通當頭一棒。

被稱為老大的男子道：「三弟且慢，不忙著出手，今天他是插翅也難飛，更何況知道躲在廣明寺，出家當和尚，跑得了和尚，總跑不了廟吧，哈哈。」言下之意是，如果拿不下圓通，讓他跑了，大概會把寺給拆了。

那位被稱為老大的，又開口道：「說吧，你們究竟把他藏在哪裡，今天不問出個下落，我們是不會善罷干休的。」

圓通道：「貧僧方才已經說過，各位施主認錯人了，貧僧確實不知施主口中的那個人是誰？」

老大一臉殺氣，陰狠狠道：「好言相勸，你卻不知好歹」，說著從腰際掏出一塊腰牌，指含內勁，往圓通門面擲去，「你該認得這塊腰牌吧？」

圓通見腰牌飛來，隨意舉起右手，以食指和中指穩穩夾住，看了一眼，便將之放入懷裡，道：「貧僧確實不知腰牌的主人是誰，施主認錯人了。」

老人道：「認錯了，應該是你不想說吧，既然如此，我們也不再客氣了。」

老大向右邊男子使個眼色，男子隨即右腳踏出，打出八卦拳。八卦拳步踏八方，出拳剛猛。進攻時強硬，禦敵時以柔化剛。圓通看對方打出第一拳後，以虎鶴雙形拳對應。初始，雙方出招拆招，攻時不躁進，守時不退讓。待打到十餘招，圓通趁男子轉換方位之際，欺身靠近，以一招「單指引手」，左手化成勾，啄男子太陽穴。男子中招後，圓通再以「烏龍擺尾」之勢，右腳橫踢男子腰部，男子頓時飛了出去，躺在地上，似受了內傷，一時之間腰痛得爬不起來。

老大沒想到圓通只用十餘招就打退了老二，對其餘人喊道：「一起上。」兩位使刀和一位使狼牙棒的漢子，合力圍攻。一開始時，圓通赤手空拳，尚可拆解對方刀棒的凌厲攻勢。不過這三位漢子彼此之間配合良好，總是二人進攻，一人在旁掠陣，趁得空時，猛刺一刀或劈去一棒，圓通漸漸顯得左支右絀，左手被劃了兩刀。

本來站在遠處的陳福看到圓通師父陷入困境，顧不得自己的武藝不精，手持柴刀，大喊一聲：「圓通師父，弟子來啦」，衝入戰團。正打得激烈的四人聽到這一聲喊叫，頓時愣了一下，圓通急喊道：「不可」，持刀在旁掠陣的男子嗤笑道：「我來會會他」，隨即一刀向陳福砍去。圓通一邊和兩人對陣，另一邊卻得分心注意陳福的安危。陳福雖學武藝沒多少時日，憑著父親教的幾招劈柴刀式，以及在廣明寺學的基本功，初始用蠻力，拆了數招後，竟然領會到如何運勁和變化身法與步法的技巧。對陣時，雖閃躲居多，卻也可勉強撐上一陣。

圓通見陳福一時之間並無大礙，乃專心對付兩人。使刀和使棒的漢子見無法拿下圓通，兩人漸漸急躁起來，出刀使棒更加用力。圓通仍以虎鶴雙形拳應付，守住全身，以柔力化解刀棒的剛猛之力，不讓刀棒有近身的機會。使棒漢子看無法近得了圓通，心一橫，踏步往前躍起，想一棒擊碎圓通的天靈蓋。就在身體躍起落下，而狼牙棒仍高舉之際，圓通以獨腳飛鶴之式，雙腳左弓右箭，雙掌直擊使棒漢子的腹部。只聽見漢子腹部發出一聲悶響，人倒飛了出去，重重摔落地上。使刀漢子見狀，往圓通背部直刺。圓通迅即以右腳為柱，左腳帶身轉半圓，以弓步牛角之式，右膝跪地，右掌變爪，抓住使刀漢子右腕，向下一壓，只聽到漢子的右腕咔喇一聲，刀落地，右手痿蹶，左手扶著右手，一臉痛苦地退到一旁去。圓通起身，也向後退了一步。

老大的盤算是先以老二的空拳對付圓通，測測老和尚的能耐，再以刀和棒消耗圓通的內力，最後以自己的雙掌拿下圓通。可沒想到那圓通禿驢的武功竟如此高強，竟只用十餘招就將老二擊退。又跑出一個不知名的小子，阻擾三人圍攻圓通，壞了先前的盤算。這次真是托大了。老大一見圓通兩招之間就打退老三和老五，隨即揉身而前，以雙掌和圓通對陣。

老大原本也使一套八卦掌，某日在庭院品茗時，見到蝴蝶於花叢中翩翩起舞，原本不以為意，春暖花開時，蝴蝶何其多。當舉杯飲茶時，突然靈機一動，似可將蝴蝶拍動雙翅飛舞的態勢融入八卦掌。於是起身，細細觀察蝴蝶的飛舞與拍翅，一邊演練八卦掌，一邊以蝴蝶為師，變化自己的腳步和掌勢。數日下來，老大驚喜見到，原本的八卦掌加入從體會蝴蝶飛舞得出的雙掌變化後，竟形成一套掌勢變化萬端，掌風強勁的新掌法。老大洋洋得意，將這套新掌法稱為迷蝶掌。

圓通擊退兩人後，原本上前想解陳福之危，尚未動身，就見老大雙掌拍了過來，逼得圓通無法抽身救陳福，只得應付老大的雙掌。圓通以出家人慈悲為懷，且與這幾人並不相識，不願多造孽，故在對陣時，並未想置人與死地。可老大就不是這般想了。老大心想，己方已傷了三人，如果今日此時自己不出殺招，擒下圓通，回去不好交代，且想試試新掌法的威力，於是出掌時招招凶狠。

圓通見老大的雙掌出招繁複，掌風強勁，而且一招快過一招，一時之間不知該如何應招，只得加快自己的掌式，化解對方上下飄移幻化的雙掌。片刻之間，兩人過了三十餘招，勢均力敵平分秋色，仍未分出上下。忽然圓通聽見陳福傳來一聲哀叫，一時心急，漏出個破綻。

老大心想不是此時，更待何時，於是將全身內力盡灌右掌。右掌擊出，正中圓通胸口。圓通吐了一口血霧，飛落雞冠頂下。老大一掌擊落圓通，心裡一陣僥倖，幸虧圓通分心，否則五十招過後，怕是不敵圓通。

這聲哀叫自是來自陳福。原來陳福加入戰團，是想助圓通師父一臂之力。儘管自己武功低微，憑著圓通師父平日的教誨，兩人之間有如師徒般的情懷；再加上父母已經雙亡，此時的圓通師父對他而言，雖不是親人，卻更勝似親人，乃毅然投入戰局。

與陳福對陣的老四初始過招時，不知陳福的底細，不敢貿然搶進。幾招後，見陳福柴刀劈來砍去，就只是那幾式，嘴角一笑，有心玩弄這個不知死活的小子。陳福過招，能擋則擋，無法擋就閃躲。老四見陳福一味閃躲，為之氣結。待見到老三和老五被圓通擊退，老大單挑圓通後，覺得必須儘快了結這個只會左閃右避的小子。老四的出刀越來越快，刀力越來越猛，陳福已經難以招架，雙臂和腿被劃了好幾刀。

陳福畢竟初出茅廬，不知老辣的薑出招虛實相混、奇正互用。老四向左出了個虛招，陳福看不出是虛招，本能地向右一避，卻見刀已從上砍下，正中右肩，陳福哀叫一聲。老四再補上一腳橫掃，把陳福掃落頂下。陳福就這樣從雞冠頂上咕嚕咕嚕滾了下去。

圓通和陳福兩人幾乎是同時掉落雞冠頂下，陳福翻翻滾滾到較平緩之地，顧不得肩上疼痛難當，趕忙起身，尋找圓通師父。費了一番功夫，才在一堆雞屎藤中，尋到受重傷的圓通。陳福一把將師父背起，想到淨空曾告訴他，雞母山王寮設有廣明別院，便往王寮而去。

老大看著圓通飛落雞冠頂下，也看到陳福揹著圓通跑入一片密林，一旁的老四想跳下頂，追那兩人。老大見狀開口道：「且慢，圓通身受重傷，跑不遠了。先將受傷的三人帶回衛所，稟報主子後，改日再到廣明寺要人。」老四遂扶起老三，老五左手搭載老二肩上，一行人往縣城方向，離開雞母山。

陳福揹著圓通，一路顛顛頗頗地奔跑在林中小徑。擔心對方會尋跡而來，加快了腳步，這一震動，自己肩上的傷傳來更加難以忍受的疼痛。不過陳福仍是咬緊牙根，再怎痛也得盡快救師父。跑出林子後，望見不遠處有一間農舍，便向農舍跑去。陳福雖知有廣明別院，卻不知別院位於何處。跑到農舍前，見到一位老漢，問老漢廣明別院的所在處。老漢看到一個受傷的年輕小夥子，揹著一個昏迷不醒的和尚，一臉驚訝，便指指遠方山凹處，道：「在那邊。」陳福謝過老漢，往山凹處而去。

廣明別院位於雞母山南麓，原為農家住房。居住在此的老農夫，獨身未娶。生前曾留言，願將此屋贈給廣明寺，以報廣明寺僧在他年老病臥床榻時，施以藥治之恩。老農夫往生後，住持遣人整理房舍，將此處設為供寺內眾僧需長期休養之處所。別院外觀與一般農家無異，外人不易認出。

圓通醒來已是三日後的事了。圓通張開眼睛後，發覺自己躺在一張床榻上，鼻聞一股濃厚草藥味，見到一張方面大臉正注視著自己，雙眼充滿關懷又焦慮的眼神。圓通開口道：「是你啊，我認得你。」陳福聽見圓通叫自己，幾日來的擔心害怕一掃而空，趴在床沿，放聲大哭。圓通也不加阻止，右手溫柔地撫摸陳福的頭。陳福哭了好一會兒，這是他近日來的大哭。第一次是為父母而哭，這一次是為圓通師父。陳福害怕，若圓通師父有個甚麼三長兩短，那麼在這世間他再也無親人。見圓通師父悠悠轉醒過來，一顆極度焦慮不安的心終於可放下。

陳福止住哭聲，將這幾日發生的事說給圓通師父聽。

那口，陳福揹著圓通跑到廣明別院時，已經筋疲力竭，仍是勉力地把圓通安置在寮房的床榻上。簡單處理自己肩上的傷口後，陳福想儘快去廣明寺求援。帶上寮房的門，出了別院，走到半路，望見兩個小沙彌，在不遠處的山腰上採草藥。陳福一眼便認出那個較高的沙彌正是淨空，於是加緊腳步，向淨空跑去。此時淨空也看到有一人步履蹣跚地向他跑來，待那人跑近時，才發現是陳福，而且上衣血跡斑斑，尤其是右肩浸濡一大片。

淨空和那較胖的小沙彌趕緊向陳福跑去，並呼喊著：「陳福，陳福，你怎麼啦，怎麼會流那麼多血？」陳福本想回答，不料一個腳步踉蹌，向前跌撲，昏了過去。淨空和小沙彌趕緊將陳福一前一後地抬起，一路抬進別院。兩人正想將陳福放在床上時，卻見有一僧人躺在右首床上，嚇了一大跳，差點就把陳福摜在地上。

兩人好不容易把陳福安置在第二張床上後，一起過去查看躺在另張床上的僧人。這一看，又嚇了一大跳，原來是圓通師父，這下怎得了？還是較胖的小沙彌先穩了下來，對淨空道：「師兄，你先在這裡照料，我回寺裡向住持稟報，並請慧空師兄過來。」小沙彌一說完，一溜煙向外跑去。淨空喊道：「淨光師弟，你要快去快回啊。」

淨空見圓通雖昏迷不醒，全身只有左手上臂兩處外傷。而陳福不僅雙臂皆有外傷，右肩傷口兀自流出血來。淨空深吸一口氣，決定先處理陳福的右肩，以乾淨白布擦拭傷口四周，再塗以金狗毛蕨煉製的止血膏，最後包紮上白布，雙臂上的刀傷則塗上青草膏。淨空處理完陳福的傷勢，再加上先前一路抬著他到這裡，已經有點精疲力竭，累得兩手微微發抖。不過仍是打起精神，過去照顧圓通師父。他對圓通師父的昏迷不醒，束手無策，不知該如何著手，只能以青草膏塗抹左手臂上的外傷。處理完兩人的傷勢後，淨空一屁股坐入一旁的木椅，心中焦慮與得意交雜。焦慮是兩人的安危未卜，得意是終於有能力收治較大的外傷傷口。

淨光跑出別院後，不到一炷香的時間，慧空師兄就攜著醫藥百寶箱到來。淨空將處理兩人傷勢經過，說明給師兄聽。慧空聽完後，先查看陳福，再看看圓通師父，讚許地對淨空道：「師弟，你做得很好。」淨空聽到師兄的稱讚，心裡雖是高興，卻也掛心著陳福和圓通師父。

慧空從百寶箱中取出兩粒藥丸，分別塞入陳福和圓通的口中。這藥丸有個名字，叫做保心丸，先護住兩人的心脈。依據淨空的敘說，慧空先查看陳福，只見陳福有外傷，並無內傷的跡象，昏迷應只是心力交瘁所致，無什大礙，兩三個時辰後自會醒轉過來。

慧空查看圓通師父時，解開師父的僧服，發現師父胸口一個黑手印，吃了一驚，恐怕內臟已有受損，心想何人如此歹毒，下如此重手，似乎想置師父於死地。慧空以烏青膏塗抹黑手印處，深入皮下三層，且囑咐淨空在寮房內起一小火爐，煎復元活血湯，餵兩人喝下。慧空處理完兩人傷勢後，便囑咐淨空道：「師弟暫留此處照顧陳福和圓通師父，師兄先回去稟告住持，師兄會再過來。記住，每日早中晚煎藥湯餵食兩人。」淨空回道：「是，師兄。」慧空隨即離去。

兩個時辰後，陳福果真如慧空師兄所言，醒了過來。一張開眼，便急著起身，想要下床去師父那邊。淨空道：「陳福，你還是躺在床上休息吧，圓通師父由師兄我來照顧就好。」陳福問：「師父的傷勢如何？」淨空回話：「慧空師兄已經來過，應無大礙。」陳福聽慧空師兄曾來過，心中的掛念總算放下。對淨空道：「我無礙，只有皮肉傷，這點傷是難不倒師兄您的。」淨空有點得意地道：「那當然，不過也要謝謝師弟你，讓師兄有練習的機會啊！」說完，兩人哈哈一笑。

淨光揹著一大袋的米、地瓜等吃食，來到寮房。在屋外聽見兩人的笑聲，一進門便問：「師兄你們兩人剛才笑些甚麼？」淨空把方才兩人的對話說了一遍，淨光笑道：「如此一來，可真讓師兄得了個便宜啊！」陳福的肚子一直咕嚕咕嚕地叫著，笑著說：「光顧著說話，我的肚子也想插嘴說，餓了餓了。」淨光道：「我帶了一些吃食來，師弟你先來填點肚子吧」，接著對淨空說：「方丈請師兄暫且留在別院照顧圓通師父，過兩日他老人家會過來看看。我每兩三日會帶些吃食來，我先回去了。阿彌陀佛！」淨空道：「好，謝謝師弟，阿彌陀佛！」陳福也合掌一拜，謝淨光師兄。

陳福請淨空師兄先食用地瓜，淨空揮揮手，道：「陳福，你肚子餓了，先吃吧。師兄還要煎藥給圓通師父和你服用。你先來一碗。」陳福雙手接碗，一飲而盡，吐吐舌頭，道：「這甚麼藥，苦啊！」淨空道：「良藥苦口，師弟你就忍忍吧。」

喝完藥後，陳福不客氣地從袋中取出三條煮熟的地瓜，連皮也沒剝，就囫圇吞棗吞下肚。淨空看陳福猴急的樣子，笑道：「慢點，別噎著了。師弟你吃地瓜是不用剝皮的嗎？」陳福滿口地瓜，道：「太餓了，我先吃飽，再幫師兄您煮些齋飯，換我照顧師父。」淨空聽不清楚陳福究竟說了甚麼，只聽到一連串的含糊聲響。陳福食完地瓜後，拿起吃食材料到寮房外的小伙房，快速弄兩樣素菜，端給淨空師兄。

淨空接過後，道：「師兄就不客氣了，多謝師弟，阿彌陀佛。」陳福照看著煎藥的小爐火，一邊看著師父。

隔日，住持來到別院，圓通仍未轉醒。住持囑咐兩人：「好生照顧圓通師父。」兩人同聲回道：「是，住持師兄。」淨空和陳福送住持到別院門口。

待到第四日午，陳福餵完藥湯後，聽見圓通喉嚨發出些聲音，趕忙喚淨空師兄來。兩人讓師父平躺床上，圓通雙眼緩緩睜開，瞧見一張大臉盯著自己不放。陳福見師父終於醒了過來，放聲嚎啕大哭。圓通等陳福哭完，並將這兩三日發生的事說完後，要陳福扶起他，坐在床上。圓通看看陳福，再看看淨空，有點虛弱地道：「這幾日多謝你們兩人啊，阿彌陀佛。」淨空忙答：「照顧師父是弟子的責任，應該的。」

圓通點點頭後，盯著陳福道：「那日你為何加入戰團？」「戰團？」淨空也盯著陳福問。陳福不好意思地搔搔頭，道：「那日看到師父被三人圍攻，想助師父解圍，想都沒想就衝入戰團。」圓通道：「幸好那批人的目標不是你，沒對你下殺手。不然以你的武功，三五招就解決了。」陳福道：「是啊，那使刀的漢子似乎沒盡全力，跟我玩似的。師父，那批人怎會圍住您啊？」圓通道：「阿彌陀佛，此事說來話長。」圓通雙眼望向窗外，凝視遠方。片刻後，正要開口說話，陳福道：「師父等一下，我去搬張椅子來。」淨空看陳福搬了椅子放在床邊，心想師父要說故事了，也學陳福搬椅子，與他並排。

圓通看這兩位弟子不約而同的舉動，心想這兩個小夥子還真是好奇啊。圓通開口道：「那是多年前的事了。」

五、真相

「那時，老衲尚未出家，與陳福的爹陳三青，還有信利鐵舖的老鐵匠，我們仨任職於錦衣衛北鎮撫司，北鎮撫司專責皇帝欽定的案件，可以自行逮捕、處決嫌犯，無需經過刑部、大里寺的審查。也就因為如此，非法凌虐、誅殺者不知凡幾。」

「啊」，陳福驚訝地喊：「怎沒聽我爹提起過？」淨空合掌唸：「阿彌陀佛！」

圓通接著說，後來因北鎮撫司的權力過大，胡作非為太甚，本朝太祖乃於洪武二十六年，大肆削減錦衣衛的權力。我們仨是洪武三十一年被選入錦衣衛的。濫殺之事發生在前，雖與我們仨無關係，總是自己任職的單位，提起來也無光彩可言。

圓通接著對陳福說：「其實你爹不叫陳三青，他姓林，單名一個清字，清水的清。因為後來發生的事，我們仨為了躲避追捕，乃商議更名。你爹改姓陳，陳林滿天下，不易被察覺。清字拆開為三點水和青，故取名為三青。」

陳福道：「後來發生甚麼事啊？那弟子是否要改名為林福？」

圓通微笑道：「這得由你自己決定。」

陳福接續道：「可是那本刀譜就叫陳氏刀譜啊。」

圓通道：「取名陳氏刀譜，乃配合改姓之用，讓見到此刀譜者，認為是陳二青家的祖傳刀譜。其實那套刀法，我們稱它為乘勢刀法，乘風而起的乘，順勢而為的勢，取兩者的諧音。」

「乘風而起，順勢而為？」陳福自言自語地說。

圓通道：「乘風而起無誤，但非順勢而為，而是驅勢而為，驅趕的驅。刀法的事，日後再談。」

圓通接著說，他們仨被選入錦衣衛後，在北鎮撫司馬軍左所當個小小的校尉。約摸三個月後，錦衣衛甄選皇宮侍衛。由於我們仨單身無家累，武功又不錯，故被甄選入宮，擔任太子朱標庶長子惠宗的貼身侍衛。侍衛一共九人，我們雖任職北鎮撫司，卻直接聽命於錦衣衛掌衛事。

我們仨在宮中的任務是保護宮中要人，可帶刀。陳福問道：「是不是稱為御前帶刀侍衛，就像南俠展昭一樣，我在雙慈亭賣柴時，聽說書先生說的。」圓通笑笑道：「差不多就是那樣。」我們共九人，分成三組，輪流當值保護惠宗。當值時，片刻不離。不當值時，在錦衣衛所待命。那套乘勢刀法就是我們不當值時，一起研商出的。

洪武三十一年潤五月初十日，太祖駕崩。一個月後，惠宗繼位，年號建文。建文帝繼位後，推行諸多改革措施。不料卻引起燕王不滿，以建文帝肆意更改祖制為名，發起靖難之變，舉兵反叛。燕軍與中央軍在北方廝殺，兩軍你來我往，各投入兵眾數十萬，各有勝負。這場仗打了近三年，死傷不計其數，都是自己人啊！圓通說到這裡，不禁一嘆。

建文四年六月十三日，燕軍攻入應天府。燕軍抵應天府的消息傳來，宮中為之震動，亂成一團。是日我們仨正於宮中當值，宮人來報，一群兵士已進入前殿。老衲和你爹領著一眾守衛迎了上去，老鐵匠保護建文帝、皇后、太子、大臣等人退入後殿。

我們兩人在前殿截住闖進來的叛逆，一見，領頭者竟是楊標、劉建和歐陽孔，這三人是我們的同僚，也是建文帝的貼身侍衛之三。你爹看到同僚領著叛軍殺進宮裡來，氣憤地大罵三人無恥叛徒。楊標冷笑道：「識時務者為俊傑，如今燕王勢力大盛，已打進應天府。你們放下手中兵器，或許尚可饒你們一命。」你爹聽完更怒，罵楊標等人一些不堪入耳的話。劉建回道：「我們各為其主，建文已是窮途末路。跟著我們還能穿戴金箔朱玉，痛飲金漿玉醴呢！」

你爹和我聽完，也不答話，舉起腰刀，衝了過去。一番混戰後，劉建和歐陽孔死於刀下，楊標負傷逃離，帶來的數十叛軍與宮中一千守衛傷亡殆盡，我和你爹也是傷痕累累。

我們退回後殿時，建文帝眼見已無望殺出重圍，想放火燒宮，不願受燕王的屈辱。翰林院編修承繼廷身而出，道：「不如出走。」我們仨職司侍衛，負保護之責，本無說話餘地，但已是危急存亡之秋，乃提出貍貓換太子之計，從戰死的叛軍和守衛中，挑出與建文帝身形相似者替換，再放火燒宮，我們一干人護建文帝逃出應天府，再做打算。

陳福插嘴道：「貍貓換太子，這是發生在宋朝的離奇事，我在…」一句話還沒說完，淨空就接續道：「雙慈亭聽說書先生說的，對不對？」陳福驚訝道：「師兄你怎麼知道？」淨空笑道：「師弟你剛說過了啊。」

圓通望著一搭一唱的兩人，不禁莞爾。

圓通續道，建文帝聽完我們的計策，猶豫不決，但叛軍隨時會攻進宮來，已無時間思索。我和你爹隨即挑選替換之人，更換他身上的衣服，穿上建文帝的常服。你爹當時還說，這兔崽子當真有福，死後還能享風光葬禮。替換之事辦妥後，建文帝在宮中放了一把火，皇后馬氏投入火中而亡。「啊！」陳福喊了一聲，而淨空雙手合掌：「阿彌陀佛！」

陳福道：「師父，您暫且歇息，弟子去煮碗地瓜湯來。您從醒來到現在，都還沒吃東西呢。」不待圓通答話，便跑去伙房，煮了地瓜湯。淨空道：「哎呀，只顧著聽師父說故事，忘了煎藥。師父，您先歇會兒。」圓通笑著看這兩個弟子。

「師父來，喝碗熱熱的地瓜湯」，陳福前腳剛跨過門檻，就迫不及待地說。圓通接過地瓜湯，湊鼻一聞，地瓜湯香氣四溢，碗內三四塊地瓜，大小切得適宜入口，腦海浮起當年出逃時，眾人三餐不繼的飢餓身影。陳福對淨空道：「師兄，您也來一碗吧！」淨空回話道：「那是一定要的」，接著問圓通師父說：「師父，您可知我們叫陳福甚麼來著嗎？」圓通搖搖頭。「我們稱陳福為飯頭師父，可不是飯桶師父喔。」圓通聽了，哈哈大笑。這一笑牽引內傷，胸口隱隱作痛。

陳福察覺師父的臉色有異，似乎閃過一絲痛苦之情，忙問：「師父您怎麼了？」圓通回道：「不礙事。」淨空道：「師父也說了個把時辰，想必也該休息了。師父，今日暫且講到此處，您歇息吧。」圓通點點頭，把地瓜湯喝完，才躺下休息。陳福和淨空將門帶上，走出屋外。

淨空對陳福道：「師弟，走，帶你去認識附近的藥草。」兩人不敢走太遠，只在別院附近轉轉。一找到藥草，淨空便逐一講解給陳福聽。兩人要回去別院時，見附近農舍的老漢揹著一大袋的東西過來。陳福忙迎上去，跟老漢打個招呼，謝謝他先前的指引。淨空走過來，道：「阿成伯，您又帶地瓜來啊，真是謝謝您。」阿成伯說：「也不用謝，自己種的，家裡多的是，一起吃吧。那位老和尚還好嗎？」淨空回道：「圓通師父已經醒過來了，一切安好，謝謝阿成伯。」阿成伯道：「那就好，那就好，想吃些甚麼菜，自個兒來我家拿吧，我回去了。」兩人齊聲：「謝謝阿成伯！」

兩人一進屋，見圓通師父盤坐床榻上運氣。為不打擾師父，輕手輕腳地帶上房門，退出屋外。圓通運氣，隱隱發覺經氣運行手三陰經並不順暢，想是心、肺受重掌所傷，難怪有心痛、眩暈之感。經脈運氣不順，圓通也不強求。打坐運氣不到半柱香後，自行下床在房內踱步，耳中聽見陳福與淨空說說笑笑，自己的嘴角也不禁露出笑容。

兩人待在屋外，淨空說些寺裡的規矩與趣事給陳福聽，陳福聽得饒是津津有味。待後頭傳來開門聲，兩人知道師父已運完氣，便進入屋內。陳福道：「師父繼續說？」圓通點點頭。

建文帝出逃時，因身邊近臣、太監、侍衛等人數過多，易引起注意，建文帝遣散數人，要他們自行離去。最後只剩九人在建文帝身邊。除了我們仨之外，還有心腹近臣和太監等六人。為避免被人認出，建文帝與近臣自行剃髮，喬裝成僧人樣，在我們仨的護衛下，從皇宮密道出宮，再循小弄巷，避開燕軍的耳目，分批出了應天府。原本燕軍將應天府圍得水泄不通，沒有燕軍發給的符牌，是過不了城門的。所幸得了降燕軍的前中央軍牙門將軍的幫忙，再加上天色昏暗，我們一行人才得逃出應天府。

燕王即位後，不僅大肆誅殺建文舊臣，還密令錦衣衛暗中查訪建文帝的下落，一經查獲立即稟報。遇阻擾，格殺勿論。這道密旨讓錦衣衛更加為所欲為，乃至生靈塗炭。錦衣衛所到之處，凡有涉嫌者，皆逮捕下獄。遇有抵抗者，行連坐之法。「阿彌陀佛！」：陳福和淨空兩人同聲。

出了應天府後，建文帝便命吾等，不得再以年號稱他。既已剃髮，往後眾人皆以師兄弟相稱。因此我們仨稱建文帝為大師兄。我們是七月出應大府，走了約兩個月後抵江蘇吳江縣。原本有九人隨侍在側，到吳江縣時只剩六人，一路上餐風露宿，有時飢餓難當，又不敢於白日趕路，免得引來追兵。

兩個月後，轉往襄陽，但錦衣衛緹騎已在襄陽附近出現。大師兄要我們仨自行離去，無須再跟隨。我們仨雖自願護衛大師兄至天涯海角，主君之命難違，只得潸然淚下，與大師兄道別。

拜別大師兄後，我們仨頓時覺得，天地悠悠，不知何去何從。已經不可能再回錦衣衛，也無法回到舊家鄉，於是決定到福建府外海島嶼避居。從襄陽到福州，何止千里，我們仨走了數個月後才抵福州。

一路上，聽聞錦衣衛緹騎四出探查大師兄的下落。我們想，狸貓換太子之計應該沒有瞞過永樂帝，否則不會有錦衣衛追查大師兄的傳聞。不過，又聽聞燕軍打入宮中後，撲滅火勢，宮人將一具焦屍拖出，一旁有人指證歷歷，謂該具焦屍即為建文帝云云，永樂帝見該具焦屍後痛哭，八日後以厚禮葬之。既以厚禮葬之，又怎會派出緹騎四處偵查呢？想來必是永樂帝疑心重，不相信該具焦屍為大師兄，為解心中疑惑，必須追查到底，否則寢食難安。

我們仨在福州尋得願載吾等渡海的漁家，便準備乾糧、清水等航行時所需物品。一日晨間，天未明之際，起船橫渡黑水溝。在船上，詢問漁家該島嶼名字，漁家說：「他家鄉人常往海外謀生，稱該島為大員。」航行途中，我們仨決議改名換姓，且自行尋找避居之地。

我們在一處喚作鯤鯓的濱外沙洲下船，徒步上陸地，一人往北，一人往東，一人往南。分別時，三人雙淚直流，因為不知此生是否能再相見。為永記這份不是親兄弟，更勝親兄弟的情分，當場師法桃園三結義，撮土為香，結為兄弟。老衲虛長數歲，被兩人推為大哥，老鐵匠為二哥，你爹是三弟。說到這裡，圓通臉色既祥和又唏噓，似是有此般兄弟，人生足已。因緣相聚，卻又分離，感嘆人生無常。

「師父，後來您去哪裡了？」：陳福問。淨空接續道：「弟子也想知道。」圓通見這兩位弟子一臉好奇，笑笑道：「天色已暗，明日再說，如何？」兩人向窗外望望，不知不覺中夕陽已然西下。陳福道：「聽得入神，沒想到已是日入時分。哎呀，弟子忘了燃燭，難怪覺得屋內怎一片昏暗」，笑笑地點燃兩根蠟燭。

陳福道：「師父，弟子去伙房準備兩樣素菜，我們今晚地瓜湯配青菜，可好？」圓通點點頭。不一會兒，陳福端來三碗地瓜湯和兩盤素菜，三人吃完後，陳福將碗盤端去伙房。淨空道：「師父，待會喝碗藥湯，再安板入睡吧。」「好。」

一夜無話。

隔日，陳福睡到遠處公雞鳴叫方起，眼一張開，見天色微亮，自己都嚇了一跳，連忙起身。看師父已在打坐運氣，躡手躡腳地走出屋外。也沒看到淨空師兄，耳邊卻傳來誦經聲，原來師兄已在小佛堂做早課了。陳福覺得很不好意思，到小伙房洗把臉，準備早齋後，便自行練基本功去了。

三人在師父床榻旁一起用早齋，淨空讚道：「師弟的廚藝真是越加精湛了，誰教你的？」

陳福回道：「是果慧師兄，師兄教我刀工，也教我烹煮，要我多加練習。」

淨空道：「難怪你的廚藝大進，原來是果慧師兄教的。」陳福笑了笑。

早齋過後，明空師兄前來探視圓通師父。圓通師父不願麻煩明空，推說一切安好，已無大礙。胸前的黑手印，塗抹青草膏後，色澤已轉淡。聽到師父無礙，明空高興道：「太好了」，轉頭對淨空和陳福道：「師弟，你兩人還是留在這裡照顧師父，待師父痊癒後，再回寺裡吧。」說完，明空便回寺去。其實，圓通的內傷並未好轉，氣血仍不順，經脈窒礙處有漸多的趨勢。

明空離去後，兩人挨著圓通，請師父繼續講故事。圓通扭不過兩人哀求的眼神，道：

那日我們仨分別後，老衲一人向東，老鐵匠往北，看著陳福道：「你爹往南。」我們仨從此音訊全無。老衲獨行數日後，走到一處名為舊巖的山丘，聽到山丘上一間草庵內傳來誦經聲，心中一震，想起往日種種似夢一般。永樂帝成了又如何？大師兄敗了又如何？頓時生出剃度出家，出世修行的意念，所謂「單刀直入，直了見性，不言階漸」，大概就是這意思。老衲進入草庵，請求住持替老衲剃度。住持提了一些問題後，幫我落髮，法名圓通，取自「根選擇圓通，入流成正覺」。從此老衲在舊嚴依止修行。草庵內僅有僧人三人，其中一位師兄出自南少林，老衲本有些武藝，每日向師兄學些拳棍，練練筋骨。三年後老衲雲遊四方，一日行至鳳山縣廣明寺，受住持圓音師兄的邀請，遂在廣明寺留了下來，任護院一職。

圓通從懷裡拿出林清的腰牌，遞給陳福，道：「這是你爹的腰牌，你爹走了，這塊腰牌自該歸你，也算是你爹留在世上的遺物。」陳福拿了腰牌，看了看，心裡有種說不上來的奇怪感覺。腰牌真的是爹的，但林清這個名字是陌生的。他打從小起，就知道自己姓陳。長這麼大了，才知道自己應該姓林。可這又不是爹親口告訴他，而是爹那位比親哥哥還親的師父說的。爹從未告訴過我他的過往，我到底要姓陳，還是回歸姓林呢？一時之間難以決定。

圓通看陳福的臉色一會兒疑惑，一會兒遲疑，道：「若想不通，先擱一邊吧，哪天福至心靈時，疑惑自然迎刃而解。」

淨空問道：「師父，您是怎麼知道老鐵匠和陳福他爹的下落的？」

圓通繼續往下說：老衲離開舊巖後，曾至各地化緣，或與它寺的僧團沿路托缽。中土福建、江浙、湖南一帶我雲遊過，最後還是回到這裡來。一日在岡山托缽時，恰見老鐵匠揹著一籃子的鐵器走在路上，兩人的方向不同。當老衲見到他時，覺得此人面似五言，也就是老鐵匠。

「可是老鐵匠姓鐵名正信啊！」：陳福插嘴道。

「鐵正信是他的化名，如同你爹叫陳三青一般。老鐵匠原名叫宋五言，當日我們仨在改名時，老鐵匠改姓鐵，五言的五，就以五筆畫的正字替代，而言字為人說的話，人言為信，故取信字，叫鐵正信」：

圓通解釋道。「原來如此！」：陳福恍然大悟！

老衲從對街見到五言，五言剛好也望向托缽的隊伍，瞧了老衲一眼，神情有點疑惑。恰好此時有一人從背後喊他：「鐵匠，你何時回鳳山打鐵街？」老鐵匠轉頭道：「明日午時。」老衲與五言就此擦身而過。後來，老衲到廣明寺，曾去街上化緣，特意繞到打鐵街，果然看到五言和一個年輕小夥子正在打鐵。老衲便知五言落腳在鳳山縣。改姓氏時，五言選鐵姓，沒想到後來真的成為一名打鐵匠，因緣果真妙不可言。老衲知道正言的落腳處即可，未必得相認，一切隨緣。

陳福問：「師父怎麼知道我爹也在鳳山縣的？」

圓通道：「老衲並不知情，直到你提到你爹的名字時，我才意識到阿清可能也在這裡。前些日子在雞冠頂上，五人將我圍住時，為首那人丟給老衲你爹的腰牌，老衲才確定阿清在鳳山縣，只是人在牌在，人亡牌失，阿彌陀佛！」

陳福的臉上一片哀淒，久久說不出話來。

圓通道：「陳福，把那本乘勢刀譜拿過來。」陳福從懷裡取出刀譜，恭敬地遞給圓通。那本刀譜是他爹的遺物，自是要好好珍藏。放在懷裡，就好似爹在他身旁未曾離開過一樣。圓通一頁接著一頁翻著刀譜，神情像是欣賞藝術之作，又像是閱讀過去種種。翻過最後一頁，把刀譜闔上時，問：「你想學乘勢刀法嗎？」陳福點點頭道：「願意。」圓通道：「明日起老衲教授你刀法，若不教給你，你爹的心血恐怕真的隨他而去了。」陳福聽了，欣喜異常，向圓通道謝不已。

「師父，該喝藥了」，淨空道，「陳福，師弟你是不是該去伙房忙啊？」陳福問：「為什麼？不是剛用過早齋嗎？」淨空道：「你出去瞧瞧日頭，現在都午時了。」陳福道：「甚麼，都午時了？」吐吐舌頭，一副不可置信的樣子。走出房門，一看，日頭在頭頂上照著呢，果真是午時。對著屋內喊：「我去準備午齋。」

往後的日子裡，圓通養病，傳授刀法，陳福練功兼料理齋食，淨空誦經，煎藥，加外出找草藥。陳福偶爾回到父母墳前上香，好幾次遇見阿瑛前來家裡整理，陳福也一起幫忙。兩人說說笑笑，不知不覺中，情愫漸生。

這樣的日子，直到住持來別院那一天，才有了巨大的改變。

六、鬧寺

那日雞母山雞冠頂上，五人圍攻老和尚，卻一時大意，沒想到老和尚的武功如此厲害，再加上一個不知名的小夥子，不顧性命衝出阻擾，致使己方三人受傷。幸好老大趁圓通一時恍惚，打了他一掌，不然這一役真是灰頭土臉。

五人回到錦衣衛所隔街的一處民房後，向已經在房內等待消息的指揮同知稟報經過。那同知哼了一聲道：「辦事怎能如此大意？明知老和尚會武，為何不是五人齊上？如此托大，萬一走了逆匪，斷了那個人的下落，要如何交代？」那五人唯唯諾諾，帶頭的老大道：「是，楊大人，爾後我等必當謹慎小心，絕不誤大事。」那楊大人正是錦衣衛指揮同知楊標，五人是楊標私下豢養的江湖客。

原來楊標從掌衛事領了來自永樂帝的密令後，隨即派出密探，尋訪各地，探查那個人的下落。之所以稱為那個人，肇因於永樂帝即位後，不承認建文帝的正統，底下眾人揣摩上意，故稱建文帝為那個人。

楊標雖貴為指揮同知，時常換服外出巡查，獨自一人打探關於建文帝的去處。

楊標通常單獨行動，不喜帶衛所的校尉，一來是校尉的武功只比一般人高一些，碰上武藝精熟的逆匪，毫無半點作用，反而可能被傷過半；二是帶領大批人馬，易引起注意，反倒為逆匪敲響警鐘，在人馬未到之前，早已逃離。但為便宜行事起見，楊標乃私自挪用公帑，招來一批江湖客，專門替他處理江湖事。由於每次逮獲逆匪後，順帶沒收財產，楊標漸漸不再挪用公帑，而是從被抄沒的財產中，私下挪部分作為他用。

那五人是楊標行走江湖時，招來的。老大和老三曾是廣西桂林府山區的寨主，與錦衣衛發生衝突，被楊標領兵收服。老四和老五兩位刀客，曾是官宦人家的拳師，有人密告該名官員與逆匪同謀，錦衣衛抄其家，並將家裡一干人全逮捕下獄。拳師苦苦哀求楊標，答應楊標代為處理江湖事，才免牢獄之災。老二酒後與人鬥毆，誤殺兩名酒客，衙門捕快追補甚急。走投無路之際，聽聞楊標招攬江湖武人，於是投靠楊標。

五人陪同楊標千里迢迢從北京應天府來到大員，巡至鳳山縣，楊標住進錦衣衛設於五塊厝的衛所，五人住進隔街的民房。那日，楊標穿著尋常百姓衣服，來到天公廟時，正見到一群潑皮圍毆一個小夥子。起初，楊標不以為意，潑皮鬧事也不是甚麼大不了的事，自有當地衙門公差管著。可當楊標仔細一瞧那被毆打的小夥子時，頓時愣住，那面容多麼像一個人。楊標一開始想不出到底像誰，細細一想，恍然大悟，那小夥子長得像林清！楊標心頭微微一震，若不是父子，兩人不可能如此相像。楊標站在不遠處，冷眼看著潑皮如何圍毆陳福，陳福又如何拔出柴刀，砍中潑皮的右肩，愣在當地，隨後又如何拔腿就跑。

楊標不想放過追查那個人下落的任何蛛絲馬跡，遂跟在小夥子身後，一路跟到了陳家三合院，看明目標後，隨即返回衛所。陳福一路上心慌意亂地跑，跑回家時，不知身後有人跟隨。

楊標命衛所校尉喬裝成尋常百姓，監視陳家動靜。兩日後，探子回報，陳家只有一個漢子和他的老婆，並無其他人。楊標招集下屬，以及穿上錦衣衛服的江湖客等共九人，於清晨天尚未明時，分批前往陳家三合院。當九人抵三合院時，陳三青恰好從正廳出來，楊標一見，正是逆匪林清，令下屬圍攏捕捉。陳三青見數名大漢向他圍了過來，遂繞過東廂房，想跑到柴房拿柴刀，卻沒有看到柴刀。心裡一急，欲跑出後院空地時，已被眾人圍住。

楊標見陳三青被圍住後，道：「林清，你想不到會有今日吧？當初要你投降歸順，你不僅不依，還罵了我一頓，砍了我一刀。早知如此，何必當初呢？」

陳三青罵道：「你這個背叛主君的無恥狗賊，當初沒殺你，真是錯了。」

楊標道：「識時務者為俊傑，順勢而為嘛，哪像你那甚麼驅勢而為的鬼刀法。驅勢，驅勢，你已經被我們圍住，能驅個甚麼勢啊？」

陳三青道：「不與你這背叛之人多費唇舌，今日我們就做個了結。」

楊標道：「等等，送你去見閻羅王之前，如果你肯告訴我那個人的下落，我倒是可免你一死。」

陳三青道：「放狗屁，做你的千秋大夢去吧，別想從我嘴巴掏出任何話。」

楊標道：「那這樣呢？把人帶過來。」陳三青看到一名錦衣衛校尉，拿刀架住老婆的脖子，左手緊緊摀住她的嘴。

陳三青驚叫：「阿娥，阿娥！楊標，如果你敢傷阿娥一根寒毛，我必追殺你到天涯海角。」

楊標大笑道：「哈哈，天涯海角，你已是甕中之鱉了，還妄想天涯海角。說，那個人在哪裡。」

陳三青看著老婆，心裡掙扎萬分，說了就是背叛，這和楊標何異。不說，阿娥受到自己牽累，恐怕無命。更何況陳三青確實不知大師兄的下落，可楊標怎會相信「不知道」這三個字呢？眼見今日已無逃生的機會，雙眼含淚對阿娥說：「阿娥，我對不起妳。」

說完，陳三青衝向握刀的漢子，欲奪下他手中的刀。可那使刀漢子也非泛泛之輩，窺出陳三青的意圖，使出一陣刀舞，讓陳三青近不了身。楊標見陳三青一動，便下令：「殺。」這殺令不僅是給圍住陳三青的數人，也是給抓住他老婆的校尉。這人一聽殺聲，便往阿娥的脖子一抹，阿娥頓時一聲慘叫，血如水柱般噴出。漢子放掉阿娥，任她倒地，上前加入圍殺。

陳三青聽見阿娥傳來慘叫聲，眼見她倒地，心裡悲憤莫名，大喊：「楊標，我要殺了你。」已是方寸大亂的陳三青，不顧一切衝向楊標，圍住他的眾人忙使刀掄棒往陳三青身上招呼。陳三青還沒近到楊標身前，已是刀棒交加，傷痕累累，全身血跡斑斑。楊標獰笑著，向前幾步，抽出腰刀，直插入陳三青的肚子。陳三青雙手用力握住來刀，雙眼狠狠直瞪楊標。充滿憤怒的眼神，漸漸失去光彩。楊標踹了陳三青一腳，順勢把刀抽出。陳三青就這樣直挺挺地往後倒地，雙眼望向倒在一旁的阿娥，瞳孔中的阿娥漸漸模糊起來，似遠去一般，「阿娥，等我，阿福呢？」，陳三青最後一句未能說出的話。

楊標命校尉搜陳三青身。校尉在他身上搜出一塊錦衣衛的腰牌，恭敬地遞給楊標。楊標命眾人將兩人的屍體拖入穀倉，帶上門，回衛所去了。

楊標在衛所看了那塊腰牌，上面刻著錦衣衛京師應天府侍衛林清等字樣。楊標自己也有一塊，不過，那塊侍衛腰牌是他當貼身侍衛時的腰牌。如今，職位不同，腰牌自然也不同了，製作雕刻得更加精緻。

楊標想，林清已避居躲在鳳山縣，身上帶著被錦衣衛發下海捕令的腰牌，若是被人瞧見，不是惹禍上身嗎？將之燒毀，豈非更省事？思來想去，唯一可能的原因是這塊腰牌能證明陳三青的真正身份。為何要證明身份？再一想，恍然大悟，原來那個人真的沒死，在宮中指認被火燒得面目全非的焦黑屍體，不是那個人！那個人還活著，正圖捲土重來，因此腰牌是證明身份的。想到此，楊標一則以喜，一則以憂。喜的是離查出那個人的下落，又近了一步。找到林清的同夥，就不難找到那個人，而那個同夥就在不遠處。憂的是，對永樂帝指認該焦黑屍體的正是自己，萬一把那個人還活著的消息傳給掌衛事，不是犯了欺君大罪嗎？這可是誅九族的大事啊，不應輕舉妄動。想到這裡，楊標決定只傳回順天府說，找到若干嫌疑犯等云云。

數日後，楊標帶著豢養的江湖客，和一干錦衣衛校尉，前往廣明寺。在山門前打掃的小沙彌，見大隊人馬朝寺而來，趕緊入寺，報給知客僧。等錦衣衛來到山門前時，知客僧雙掌合十，道：「阿彌陀佛，不知眾位施主前來本寺有何公幹？」

一名校尉道：「叫圓通出來，不出來，我們就進去裡面抓人。」

知客僧道：「圓通師父不在寺內，施主若要找圓通師父，請它日再來。」

校尉道：「你說不在，他就不在嗎？別說那麼多廢話，我們進去搜，如果搜到了，看你還有何話說。」

知客僧道：「施主請稍待，小僧入內通報一聲。」說完，轉身入寺。不一會兒，明性師兄來到山門前，道：「阿彌陀佛，施主要找圓通師父，可真不湊巧，圓通師父這幾日不在寺裡。」圓通師父當然不在寺裡，而是在別院。

那使棒的漢子已在一旁等得不耐煩，前日被圓通雙掌擊中肚子，躺在地上，痛苦難當，今日非報仇不可，便道：「說那麼多做甚麼，老子想進去搜，便要進去搜，你和尚能耐我何？」說完，便要強行進寺。明性道：「且慢，各位施主看似公門人，可有緝拿令？」使棒的漢子道：「你這和尚還跟老子要緝拿令，告訴你，老子沒有緝拿令，倒有狼牙棒。」話一說完，便舉棒向明性揮去，明性以雙拳應付狼牙棒。

兩人在山門前打了起來，知客僧連忙進寺稟告住持。住持一聽，快步來到山門前，大喝一聲：「住手。」明性耳聞住持喊住手，往後跳一大步，仍擺出防衛的姿勢。那漢子見住持出來，也沒繼續打下去，退回老大身旁。廣明寺內眾僧和俗家弟子獲悉大隊人馬在山門前鬧事，紛紛跑到山門前，有人赤手空拳，有人拿齊眉棍。

兩邊人馬對峙，一場大戰，一觸即發。

住持道：「阿彌陀佛，老衲上圓下音，聽聞各位施主前來敝寺，想見圓通法師，但圓通法師確實不在寺內，出家人不打誑語，施主為何仍想入寺？」

這時楊標走上前來，道：「我們前來抓捕逆匪，還請住持勿加阻擾。」

住持問：「逆匪？誰是逆匪？圓通法師嗎？可有緝拿令或海捕文書？」

楊標道：「錦衣衛抓拿逆匪何需文書。聽聞圓通藏於寺內，故前來抓捕，以免讓他及時脫逃。住持不讓我們進寺搜捕，日後追究起來，恐怕脫不了干係。」

住持道：「既無公門文書，老衲便放行不得，且施主也只是聽聞而已，做不得數。各位施主若要進寺禮佛，老衲自然歡迎。佛門清修之地，不得大聲喧嘩，隨意滋擾。」

楊標道：「如此說來，老和尚是不讓我們進去咯。」

住持道：「阿彌陀佛，尚請施主見諒。」

楊標緩緩轉身，對著錦衣衛眾人下令：「進。」眾人得令後，衝向山門，欲強行進寺。山門前的寺僧與俗家弟子，以人牆方式，阻擋錦衣衛。雙方在山門前激烈推擠，終演變成群架。

當錦衣衛衝上來時，圓音心中快速盤算，今日若不盡速打退錦衣衛，只怕全寺眾人損傷嚴重，至於日後糾紛，已無暇顧及了。主意一決，呼叫明性：「齊眉棍。」明性隨即擲了一根齊眉棍過來。圓音躍起，空中接棍，落地後，衝入錦衣衛眾人中，如一條遊龍四處遊走，見錦衣衛專打骭骨。骭骨為重要腿骨之一，一被打傷，不會流血，但會腫脹，疼痛難當，傷重者數日內無法行走。圓音雖已七十開外，然身手矯健，令人詫異。只見齊眉棍一打，被打中者隨即發出哀嚎聲，倒地不起。片刻間，錦衣衛已倒了一大半，只剩武功較高的幾人而已。不過己方也有好幾人傷於江湖客老大的迷蝶掌，這迷蝶掌掌勢變化莫測，尋常功夫很難對付。

原本是一團混戰的場景，因雙方各有多人負傷，只剩下江湖客中使刀棒的三人圍住圓音，江湖客的老大對上明性，掄拳頭的老二對上俗家弟子三人，其中一人為陳元。果慧則是領著兩三位伙房師兄弟力戰剩不多的錦衣衛校尉。戰到此時，楊標尚未出手，似乎在盤算著甚麼。

圓音以齊眉棍架開來襲的雙刀，隨手反棍點中使棒漢子的腹部後，把齊眉棍往地上一插，喊聲：「住手。」對陣的雙方隨即停手，慢慢退回己方隊伍中。圓音對楊標道：「這位施主，貴我雙方已有多人受傷，何不先停手，醫治傷者後再議。」

初始楊標在一旁觀戰時，見老和尚的齊眉棍果如傳聞，真是一絕。我方數人合力與之拚搏，勝負尚且難定。若是單打獨鬥，絕對討不了好。可今日收兵，若被圓通逃走，日後追查又得費一番力氣。楊標想想，道：「今日權且到此，我們明日午時會再過來，到時看老和尚你怎麼回我的問題。我們走。」說完，即命錦衣衛眾人回衛所。其實楊標也不是真的就將人帶回去，而是暗中命兩位未受傷的校尉，潛伏於廣明寺前後門，監視動靜。

圓音見楊標走遠，鬆了一口氣，忙吩咐慧空醫治受傷的寺僧和俗家子弟。所幸眾人多受皮肉之傷，塗抹青草膏或飲復元活血傷，休息兩三日即可。圓音心想，解鈴尚須繫鈴人，既然錦衣衛指名道姓要找圓通師弟，極可能與過去的淵源有關。為了廣明寺日後的安寧起見，勢必得與圓通師弟詳談，再做打算。不然，惹得錦衣衛日日造訪，這可是罪孽深重啊。

圓音決定找圓通一談。

七、授刀

「老衲今日將這套乘勢刀法授予你，希望你記住這刀法是由你爹所創，我們仨再互相討教而成。刀法有三十六式，每式各有三招，共一百零八招」，圓通對陳福道：「刀法名為乘勢刀法，取乘風而起，驅勢而為之意。乘風而起之義易懂，乘風乃是憑藉風力，亦即趁勢。古書有云：一舉乘風，掃清氛穢，說的是趁勢掃清所有邪惡之氣。這乘風的要義當在乘字，也就是當時機來時，必須把握，不可有片刻猶豫。否則時機一過，勢已消，就難有作為。尤為重要的是掃清氛穢，必須以除惡為已任，以天下蒼生為念，不得恃強凌弱，以眾暴寡。

乘風而起，要有風才能起，不然紙鳶無風是無法飛上天的，風即為勢。驅勢而為，說的即是如何創造有利於己的勢。常說順勢而為，順勢之意，也不過就是順著勢走，不逆勢而行。然而此種順勢而為，只是消極作法，求的是無傷，避開不利於己而已。古兵書有云：兵無常勢，水無常形，能因敵變化而取勝者，謂之神。兩軍對壘，佈陣設局，虛虛實實屬兵家之必然。但要知，陣局虛實本身就是勢，勢必得常變，不可拘泥。以刀法而言，乃是不固守於招式，招式可靈活變化，一招未使完，若勢已起變化，當可變招，驅勢為己所用。你明白嗎？」圓通問。

陳福搔搔頭，一副若有所思的樣子，回道：「嗯，不怎麼明白。」

圓通說：「刀法招式可以依樣畫葫蘆，跟著學即可。但刀意必須使刀之人，藉由對陣的經驗方能獲得。無對陣經驗，只能說刀舞得好看，那是技，技之更高一層為藝。有了對陣經驗後，刀更勝於刀，最後無刀，或一切都是刀。技、藝、意這三層，你日後慢慢去體會。」今日，老衲就先演練乘勢刀法的前八式，你可要看好了。」說完，圓通以手為刀，開始一式接續一式使出。

陳福兩隻眼睛盯著圓通舞刀，眼也不眨，深怕漏掉一招半式。待圓通舞完八式乘勢刀法，驚訝得忘了鼓掌，目瞪口呆，完全沉浸在圓通那隨意流轉的刀式裡。

圓通看陳福一副發呆的神態，知道這小子已進入渾然忘我的境地，一時也不忙著叫醒他，讓他自己沉醉在刀意的世界裡。

也不知過了多久，外出採藥的淨空回來，見陳福對著遠處發呆，上前問道：「師弟，你怎麼了？為什麼站在這裡發呆？」聽見淨空的呼叫，陳福才驚醒過來，不好意思地說：「剛才看著師父舞刀，看著看著，竟然就發了呆，師父的刀舞得真好看。」圓通解釋道：「刀舞得好看，只是技藝，若加上勁力，便可趨勢了。」

其實陳福雙眼似望著遠方出神發呆，腦海中卻將圓通的八式乘勢刀法演練一遍又一遍，直到抹去式與式之間的轉折，才將八式化為如行雲流水般的一式。

「師弟，你煮午齋了嗎？」淨空問。

「哇，還沒有，現在已快午時了，真是對不住，光想著師父的舞刀，竟把最重要的事給忘了」，陳福邊跑邊說。

用完午齋後，圓通師父小憩片刻。陳福拿著那把柴刀，在屋外一式一式演練。但無論如何串聯，總無法將八式化成一式，有點心煩氣躁。在一旁觀看的淨空說：「師弟，你是不是急著想把刀法練好？」陳福說：「是啊，早上在腦海裡想過一遍又一遍，總覺得可以如意流轉。可當實際演練起來，卻不是那麼回事」，陳福有點氣餒地說。

「那是因為你執著於練好，愈執著反而愈練不好。唯有心安定下來，不求好反而好」：圓通說。原來圓通已經起身，站在房門看陳福練刀式已有好一會兒了。圓通續道：「刀法的基礎為單式，你需練熟每一單式，再將單式連貫起，如此刀法才能流轉無礙。」

陳福和淨光聽見圓通師父開示，忙轉身向師父合掌行禮。圓通說：「來，老衲再演練一遍。」由於陳福學的是他爹所創的刀法，是陳家的家學，淨光算是外人，不便在旁觀看，便說：「師父，弟子入屋煎藥湯去」。這個下午，圓通再演練乘勢刀法第二個八式。陳福從午時過後直到安板，除了準備晚粥外，就只有演練乘勢刀法，一遍又一遍，直到累得手瘦腿麻，才在滿天繁星注目下，入屋就眠。

如此過了數日，直到方丈來到別院，而陳福還有最後四式未學。圓通師父說，這四式過於繁複，必須一招一招來，日後有空再教。

那日圓音住持決定與圓通一談後，出後門時，直覺有人躲於矮灌樹叢中，暗忖應是錦衣衛的探子。隨即又從後門入寺，再從前門出寺。經過一位坐在路旁大石上假寐的漢子時，便向那漢子道聲：「阿彌陀佛！」那漢子嚇了一跳，本以為老和尚不會理會路旁閒人，待他走過後，再一路跟隨。沒想到老和尚已經識破自己，只好尷尬地笑，也道聲阿彌陀佛，隨後起身，往另外一個方向走去。圓音待那漢子走遠後，疾行奔向廣明別院。

圓通在屋外看陳福演練乘勢刀法，見陳福使出的劈、砍、截、架、掃、纏、刺、按等各式，已有行家的味道，且刀式與步法配合得宜，已可掌握乘勢刀法的基本要求。所欠者只是尚未能靈活運用，不拘泥於刀招而已。圓通見住持前來，上前一步，雙掌合十問安道：「阿彌陀佛，住持師兄，近來可好？」陳福停止練刀，躬身問安：「阿彌陀佛。」

圓音回兩人：「阿彌陀佛」，接著說：「師弟，老衲有事和你相談，入屋吧。」圓通說：「是，住持師兄。陳福你在這裡繼續練。」陳福說好。

兩人入屋落座後，圓通先開口道：「師弟見住持師兄眉頭深鎖，似有難言之隱，師兄，您盡管說吧。」圓音想了想，便將前日錦衣衛前來鬧寺一事，避重就輕說給圓通聽。末了，圓音道：「老衲雖暫時勸退錦衣衛，然錦衣衛恐怕不會善罷干休，且留言說明日午時會再來寺。為免佛門清淨受公門打擾，還請師弟三思。」

圓通聽到師兄說勸退錦衣衛時，微微一笑，心想錦衣衛豈是三言兩語就能打發掉的，想必發生過一番惡鬥，於是道：「本寺受師弟之累，還請師兄原諒。錦衣衛前來，不單單只是為了師弟，而是為了本朝多年前的舊事。」圓音聽了，面露驚訝之色。圓通將建文出走一事之前因後果，擇要說明。

圓音聽完，嘆了一口氣道：「阿彌陀佛，一人興兵，萬民受難，世人難躲名利權之誘。此禍既已牽連甚廣，若不能根除永樂之疑，恐怕將有更多人蒙受此難，阿彌陀佛。」

圓通道：「師兄此言甚是。解鈴尚須繫鈴人，若要解難，必要讓永樂相信建文已無復位之心。這事談何容易。」

圓音想了想，道：「為今之計，只得尋到建文。為了不讓多年前一家權力之爭繼續禍害世人，應對建文曉以大義，勸他放棄皇位的念頭，勿有圖復位之意。」

圓通道：「當年隨建文逃難時，建文已不復存有復位之念。只是永樂並不知情，且疑心重，才會生出連年禍端。」

圓音道：「既然如此，此事就著落在師弟身上，還望師弟三思。」

圓通道：「多謝師兄，師弟已知該如何著手了。感謝師兄多年來的包容。師弟明日雞鳴之時即啟程。」

圓音道：「師弟無需如此客氣，吾等皆是佛陀的弟子，阿彌陀佛。」

圓音談完後隨即離去。圓通要陳福去打鐵街，請老鐵匠過來一趟。

陳福問：「弟子該如何跟老鐵匠說呢？」

圓通道：「你可告訴老鐵匠，謝端有請，盡速前來。老鐵匠聽到這個名字後，便會過來。你去時，應盡量避開人多之處。」

陳福道：「是，弟子知曉。」陳福急忙往打鐵街去。

圓通也喚來淨空，要淨空把他的寮房清空，除了門上房牌外，不留一物。淨空聽了嚇了一跳，心想圓通師父似有遠行，且打算不再回寺。淨空雖覺不捨，但也不多問。

陳福盡撿小路走，抵打鐵街時，正巧碰上老鐵匠要出門送貨。陳福趨前跟老鐵匠問安，並說了圓通師父交代他要說的八個字。老鐵匠見到阿福時，本來是一臉憂戚，聽到那八個字，反而嚇了一大跳，聲音有點顫抖的說：「好，好，我馬上去」。說完好，卻又往家裡走，走了兩步又走回來，對陳福道：「我回去交代一下，馬上過來。」陳福站在鐵舖屋簷下，等了片刻。老鐵匠來後，兩人快步奔向廣明別院。

楊標領著受傷的一干人回到錦衣衛衛所，坐在太師椅上苦思，明日該用何計才能逮住圓通那廝。廣明寺住持的武功之高，實在超出他的預期，又該如何才得制住老和尚？正傷透腦筋之際，受命在寺外監視動靜的探子回報，自己被圓音住持識破，不得不撤離。楊標除了罵聲「飯桶」外，問：「可有看清老和尚往何處去？」探子回道：「往鳳山縣城方向來。」「往縣城來？」，楊標說，「你去找百戶大人過來。」探子領命而去。

百戶來後，楊標吩咐他，命衛所八位校尉，換穿民服，散於各城門附近，若看到圓音，在後跟隨，探清老和尚往何處去，隨時來報。一兩個時辰後，探子紛紛回報並無圓音的蹤影。楊標想，這狡猾的禿驢，故意引吾等在縣城尋找，其實圓通還在寺內。本約定明日午時再去廣明寺，若於辰時領隊前去，應可截住圓通。想定後，再次找來百戶，要他派人夜間守住廣明寺前後門，一有人出寺隨時回報。

隔日，楊標領錦衣衛人馬提早抵廣明寺，守夜的探子回報說，夜晚無人出入。知客僧見大隊人馬前來，趕緊入寺，稟告住持。當時寺裡眾人用完早齋，正準備上戒律課。聽到錦衣衛前來，一陣騷動，圓音住持道：「不為外物所動，是謂靜。紛擾既來，淡然處之，眾人且留此處，阿彌陀佛！」眾人同聲道：「阿彌陀佛。」

楊標見圓音一人獨自前來，嚇了一跳，想這和尚是否過於托大，又或者故弄甚麼玄虛？

圓音道：「阿彌陀佛，施主昨日說午時方來，現才辰時，施主用過早齋嗎？」

楊標道：「老和尚，提早來，是不讓圓通先跑了。」

圓音道：「昨日已言明，圓通師弟並不在寺內，今日亦是如此，施主還想入寺搜嗎？」

楊標道：「那是自然。」

圓音右手一擺，道：「請。」

楊標又嚇了一跳，這老和尚葫蘆裡到底賣啥藥？昨日不讓進，大伙打了一架，我們還損兵折將，今日不僅不見寺眾，還讓我們進去搜？

楊標道：「老和尚，你該不會在寺內暗藏人手，設甚麼機關，待吾等進入後，來個甕中捉鱉吧？」

圓音說道：「出家人不打誑語，施主想入寺一搜，便請進吧。」

一人氣定神閒，另一人卻是疑心重重。一人說請進，另一人卻躊躇不前。兩人僵持片刻，楊標最終開口道：「那吾等就不客氣了」，手一舉，「進去搜。」錦衣衛眾人魚貫進入寺內，分散開來，四處搜尋，只是不見圓通蹤影。百戶進入圓通寮房，見屋內只剩桌、椅、空床、空衣櫃，書架上頭有幾部佛經，不見圓通衣物或用品。瞧見桌上留有一封信箋，連忙拿去給楊標。楊標拆開信，見有詩一首：

誰將玉指甲，掐作天上痕。

影落江湖裡，蛟龍不敢吞。

箋上無落款，但寫有福建福寧地名。

這首詩人盡皆知，乃朱允炆年幼時所寫，而福建福寧為傳聞中，建文出逃過的地方。楊標看到這首詩和福建福寧，知道圓通打算渡海到福建，尋找那個人，或許和那個人會面，也說不定。又再一想，這封信或許亦是誤導，引吾等離開廣明寺，往福建去。無論如何，必須去福建一趟。主意一定，對圓音道：「看來在老和尚的安排下，圓通早已出寺。今日既搜尋無著，只得就此作罷，不日再來拜會。」說完，便領錦衣衛眾人離開。

圓音見錦衣衛遠去，心中一塊石頭終於落下，卻也替圓通擔心起來，「阿彌陀佛」。

楊標回到衛所後，命百戶遣人日夜看守廣明寺，若見圓通，再以飛鴿傳書至福建福州府錦衣衛所。自己則領江湖客，騎快馬至安平，再搭官船前往福州。

八、遠行

圓通決定離寺遠行後，先要陳福去請老鐵匠來，並要淨空去他的寮房代為清理，只帶回簡單衣物即可，其餘盡可丟棄，堪用者或給寺裡眾人使用。

老鐵匠一進入廣明別院，見到圓通師父，眼淚不聽使喚地撲簌流下，上前緊握圓通的雙手，道：「大哥，大哥，你可想死我了。」

圓通道：「二弟，老衲法名圓通，別來無恙？」

老鐵匠道：「我很好，在打鐵街開家小鐵鋪維生，有兩個兒子，弟妹已經往生許久。」

圓通道：「阿彌陀佛！」

老鐵匠道：「大哥找我來，有何急事？」圓通將錦衣衛追捕建文一事，簡要說明，問：「老衲要去中土了結此事，但願可以減少殺戮。此去多凶險，或許也無生還之日，二弟你是否願意同行？」

圓通會如此問，情非得已，一來自己的內傷未見好轉，獨自一人無法成事；二是建文出走，楊標追之甚急，若不阻止楊標，建文餘生恐如驚弓之鳥。老鐵匠聽到大哥問自己的決定，毫不猶豫地道：「我願意陪同大哥一起去了結那可惡的楊標，當年放過他是個錯誤，害得日後三弟被害。我想三弟被害與他定脫不了干係。」

老鐵匠轉頭對陳福道：「阿伯實在對不住你，你爹被害時，我剛好出門送貨。回來後得知消息，便趕往你家三合院，卻一連幾天都沒有見到你，你到底跑去哪？」陳福將那幾日發生的事說給老鐵匠聽，老鐵匠唏噓不已。

圓通道：「二弟，你回去交代事宜，我們寅卯之交，於清水巖清水寺前見。」

老鐵匠問：「可是我們要去中土，不是應該往北到安平搭船嗎，為何往南？」

圓通道：「老衲會留言給楊標，說將去中土。楊標會認為老衲一定去安平搭船，他便可領錦衣衛眾人截於半途。他往北，老衲往南去東港，尋找願載客渡海的船家。」

老鐵匠道：「好計策，我趕緊回家去。大哥，我們清水寺見。」說完，老鐵匠一溜煙地離去。

圓通看著陳福，陳福道：「師父，弟子願跟您去，弟子要報殺害父母之仇。」

圓通道：「真是難為你了，切記，我佛慈悲，不多造殺孽。你先回去拜別你爹娘。」

老鐵匠決定與大哥遠行後，回鐵鋪收拾包袱，準備些路上所需的盤纏。大兒子見爹急急忙忙出去，又急急忙忙回來，一回來就收拾衣物，覺得奇怪，問：「爹，您要出門？」老鐵匠回道：「是。爹有遠行，這次恐怕得好幾個月後才會回來。鐵鋪就交給你和你弟了。還好你已懂得如何打鐵器，經營店鋪。爹不在家的這段時間，好好照顧你弟和鐵鋪。」說完，去器具房挑選一把腰刀，放在包袱內。臨走時，看看大兒子，又看看鐵鋪，依依不捨地離去。老鐵匠不想待在家裡等到三更再出門，決定去清水寺山門前過夜。

陳福跪在父母墳前，見石爐插有三支燃盡的立香，心頭流過一陣暖流，知道是阿瑛代他上的香。陳福在心裡默禱：「孩兒這次隨圓通師父和阿信伯前往中土，為的是不讓更多人受傷害，也要替爹娘報仇。和圓通師父與阿信伯同行，也算是孩兒代替爹，完成您們當年未完成的事。願爹娘在天上保佑師父、阿信伯與孩兒一路平安。」默唸完，磕了三個響頭，淚流滿面。

淨光見圓通將有遠行，心中實在不捨，但無法同行，只得替師父整理包袱，並將青草膏和通氣活血散裝成一袋，交給陳福帶在路上。

隔日聽見更夫敲打咚—咚！咚！咚！四更鼓時，陳福馬上起身，拿起兩人的包袱和那把柴刀，與圓通師父一同出門。淨光也已起身，並在別院前送行。圓通把一封信交給淨光，要他務必將信放在此前寮房的桌上。交代完後，圓通持一根齊眉棍，權且當作拐杖，和陳福往清水寺走去。淨光目送兩人離開，心中淺淺憂傷。

清水寺位在雞母山南麓，距廣明別院只十里遠。圓通和陳福抵清水寺時，見老鐵匠已在山門前等候。三人會和後行至下淡水溪。下淡水溪河面甚為寬廣，枯水期時，尚可涉水而過。豐水期時，必須繞遠路，方可至對岸。幸好此時為枯水期，三人手挽手，一起走過水中沙洲到對岸，再行至東港。

傍晚時分到了船頭里永新村。三人走進一間小客棧，老鐵匠要了兩間客房，一間給圓通師父，另一間他和陳福住，也請店主準備幾樣素菜。老鐵匠順便問店主何處可採買乾糧，店主說離此地三里處，有一牛寮市集，南北雜貨要啥有啥。三人走上樓，安置好圓通師父後，再到兩人的房間。老鐵匠交代陳福去三里外的牛寮市集，採買一些乾糧，他要去找船家。說完後，兩人分頭辦事去。圓通在房內打坐運氣，氣血依舊不甚通順，疼痛感似有加劇。

陳福往牛寮市集跑去，見攤販上頭陳列的雜貨，果真要啥有啥，實在有趣。挑了一些乾糧、餅，以及兩三種果類，付完帳後，回客店去。

老鐵匠出了客店，信步往河口走去，見岸邊停了四五艘漁船。老鐵匠去漁船停泊處，詢問船家。起初，船家顧忌黑水溝波濤洶湧，甚是危險，不願載人過海。後在允諾給予重金，漁家始答應。老鐵匠拿出一錠約十兩重的金子給漁家，道：「這是訂金，待上岸後，再交付另一半。」雙方約定明日卯時出海。老鐵匠回到客棧時，陳福也已採買完，剛回到房間休息。

三人用餐時，陳福問圓通：「師父，您交代的那八個字，為何阿信伯聽到後，馬上跟弟子走？」

圓通道：「謝端是老衲出家前的俗名，這名字只有寥寥數人知道，老鐵匠和你爹知道，那楊標也知道。當時我們仨分道揚鑣時，曾說若非緊急，此生應不會再見面。因此二弟聽到盡速前來四字時，便知一定有甚麼大事」，圓通望著老鐵匠問：「對否？」老鐵匠道：「對，已經多年未見，一聽到大哥的消息，心中異常高興，再聽到盡速前來，當然非來不可。」陳福看阿信伯說話時，神采奕奕，一見到比親兄弟更親的兄弟時，那忘乎其形的神態，真令他羨慕，同時也想到爹，眼神中帶點憂傷。

隔日，三人皆早起，收拾包袱後，往小漁港走去。船家依約定時辰，已在岸邊等候。見三人前來，引三人上船。這是陳福首次搭船，有些忐忑不安，圓通安慰他道：「這個季節不會有危險，船行海上會比較搖晃，偶爾暈眩想吐。吐時，切勿吐在自己衣服上啊。」陳福勉強笑笑。

這一路果如圓通所言，海面波浪平靜，偶爾起伏，腳跟雖無法站穩，也不至於將人拋出船外。一日，船行於茫茫大海，陳福拿出餅，遞給師父和阿信伯吃。圓通接了餅後，嗅了一下，沒說甚麼話，把餅給吃完。陳福倒是吃得津津有味，想再拿第二個餅給師父時，圓通搖搖手，表示已經吃飽。陳福心裡覺得奇怪，一個沒拳頭大的餅怎會飽？

夜晚，船行黑水溝上，只見皎潔月光照在海面，波光嶙峋與天上點點繁星互相輝映，煞是好看。陳福在甲板上看得發呆，一旁的老鐵匠道：「我上一次搭船是多年前的事了，那時和大哥，還有你爹，我們仨坐在甲板上，說著舊事，也是這般情景。這回卻是和你同行，楊標那廝真是可惡，非找他報仇不可。」

一句「阿彌陀佛」從背後傳來，原來圓通師父已運完氣，來到甲板上。圓通對著老鐵匠道：「緣起緣滅，因緣果報，二弟也不用執著，諸惡莫作，眾善奉行，我當行菩薩道。」

老鐵匠道：「是，多謝大哥開導。」

圓通對陳福道：「陳福，趁著今夜月色，老衲傳你一套掌法如何？」

陳福欣喜道：「好，好，好」，點頭如搗蒜。

老鐵匠道：「陳福你這小子，如此難得的機緣，別光站著說好，趕快跪下拜師學藝啊！」

陳福一聽，道：「弟子是高興得不知所措，是是，阿伯說得對。」陳福跪下去，向圓通磕了三個響頭。圓通微笑領了陳福的三響頭，道：「你起來吧，這套掌法你是看過的。那日清晨在雞冠頂上，你就站在一旁，看老衲練掌，看到忘了要去劈柴，是也不是？」

陳福靦腆道：「是，那日師父打拳真是好看，都看到發了呆，以至於忘了師兄交代的事。」

圓通道：「這套掌法名為千手觀音掌，千手觀音為觀世音菩薩化現的六觀音之一，身上生出千手千眼，手中持有各種法器，盡解凡間世人的苦難。老衲將千手化為一十八手，也就是一十八式，以觀音持法器的手勢，綜合出握拳、手刀、龍爪、鶴嘴，合掌等形。這套掌法旨在手勢的迅速變化，再搭配相適合的身法與步法。第一式和最後一式的合掌手乃是恭敬合掌禮佛之意。你要記住，學武的目的是如觀世音菩薩發願苦海常作度人舟。現在老衲就演練這一十八手給你看。」

皎白月光，海風拂面，一位老僧人在甲板上舞出千手觀音掌，從第一式合掌手起，第二式白拂手，第三式盾牌手，第四式鐵鉤杆手，一直到第十八式回到合掌手止。

老鐵匠和陳福兩人在一旁看得讚嘆不已，然兩人的體會各有不同。老鐵匠看到大哥月光下的身影流動，僧服隨風飄揚，那份寧靜自在，仿佛與天地合而為一。遙想那些年的風波，仨人為伍，心中激動，眼淚不自覺地流了下來。

陳福看到的是師父的招式，雙手如何變化，身法與步法如何跟隨，式與式之間如何圓轉如意。陳福年少，以眼觀看，看的是技；歷經人世滄桑的老鐵匠，以心觀看，觀的是意。

圓通打完一十八式，問陳福：「記得有多少？」

陳福回道：「記得不多，不過弟子會努力學習。」

圓通道：「好，老衲沿路會解說給你聽。時辰也晚了，進艙去吧。」

三人進入艙房安眠。

航行數日，總算是平安抵達漳州府後菜灣。三人一上岸，便往蘇州府吳江縣普濟寺去。為避免被錦衣衛察覺，三人繞行遠路。走了多日，將走近時，見到大隊錦衣衛官兵，圍住普濟寺。為首的錦衣衛長官立在山門前，似與住持爭論不休。待三人走至離官兵約數十丈，始聽見那位長官厲聲質問道：「今日我等前來，豈有空手而回的道理。不搜出個結果，是不會回去的，老和尚，你不給我們進去搜，我們也會進去，說：你們把那個人藏在哪？」住持回道：「老衲確實不知大人口中的那個人，究竟是何人？本寺並無窩藏任何嫌犯，長官要搜寺，老衲不敢不應允，只是佛門乃清修之地…」話還沒說完，帶頭長官厲聲道：「不要再說了，翻來覆去，就是那幾句，不與你廢話」，說完，舉起右手。

長官右手舉起，正要發令時，忽聽見後方傳來，「大師兄，不好了，錦衣衛查來，我們快走」等呼叫聲。長官與眾緹騎回頭，看見一老一少扶著一位僧人，往後快速離去。長官一聲令下「快追」，錦衣衛眾人皆向那三人追去。

原來這是圓通以自身為誘餌，解普濟寺之圍的計。圓通聽見錦衣衛長官與住持的對話時，便向老鐵匠吩咐幾句，並要陳福做好準備。待老鐵匠喊出圓通交代的話後，三人便轉身快步奔離。由於圓通的內傷尚未痊癒，幾乎是被老鐵匠和陳福一左一右扶著跑的。

三人跑得甚快，錦衣衛眾人在後苦苦追趕。錦衣衛長官原本有官馬可騎，今日出錦衣衛所時，卻改乘官轎，再加上身材略胖，跑了幾步後，氣喘吁吁，便呼叫轎伕，上轎，在後頭跟著。

圓通仨人盡量選小路，左彎右拐，將錦衣衛眾人帶離普濟寺。大概跑出七八里後，仨人跑入一密林躲藏。背後追趕的緹騎，腳力強健者跟著跑入密林，腳力差者落在後邊甚遠，有些已改為徒步而行。

頭兩個緹騎一入林，便見一棍橫掃過來，身子頓時萎了下去，又有兩個身影，撲過來拳打腳踢。兩人躺在地上哀號。後面尚未進林子的三四人，聽見哀號聲，抽出腰刀，持刀入林。老鐵匠和陳福打翻頭兩人後，便持刀在旁等候。見緹騎一入林，手持腰刀和柴刀猛砍，砍得緹騎各個措手不及，紛紛逃出密林。第三批跑近密林的緹騎，見前方同僚跑了出來，也不敢入林，紛紛停下腳步，等候長官到來。

圓通三人趁此時機，跑入密林深處。動身時，正信大聲問圓通：「大師兄，咱們往何處去？」圓通答：「溫州。」其實圓通三人是要回普濟寺，打探大師兄的去向。去溫州是說給躺在地上那兩人聽的，誤導錦衣衛往溫州方向追去。

三人繞了個大圈子回到普濟寺時，已接近日入時分，山門已畢，只開一旁的小門。三人從小門進入，至客堂辦理掛單，並向知客僧說明來意，求見住持。知客僧一聽，不敢大意，去見住持後，便回來領三人前往住持寮房。

普濟寺住持上覺下明，已在寺裡擔任住持多年，本身不會武功，寺裡也無教授武藝。因此當錦衣衛前來搜寺時，心中煩憂。然覺明乃一有道高僧，修行定力非比尋常，為維護佛門清淨地，乃敢與錦衣衛長官據理力爭。

圓通入住持寮房後，便說明此次來意。覺明道：「數年前，師弟與建文一同前來，彼時師弟尚未落髮，仍是建文的貼身侍衛。今日已見師弟入我佛門，可喜可賀，阿彌陀佛。」

圓通道：「師兄，入佛門一事，也是因緣齊聚方能成就。多年前蒙師兄收留，讓逃難中的建文，有一落腳休憩之處，在此代為謝過。如今錦衣衛追捕不輟，且對各處佛寺帶來種種困擾，若無法從源頭解決，此事恐難善了。」

覺明道：「師弟此次前來，肩上任務重大，若能有所成，必可解眾生之苦。當日建文離開本寺後，前往貴州，想必師弟亦有同行。」

圓通道：「是，建文在吳江縣停留兩個月後，轉往襄陽，因聽聞錦衣衛已出現在襄陽附近，建文不想連累眾人，故遣老衲等人離去，老衲自此與建文斷了音訊。今日前來，便是想問師兄是否知悉建文的下落。」

覺明道：「建文離開本寺後，某日聽雲遊行腳至此的師兄提起，曾於貴州見過建文，並與之論道。建文因無官府發給的度牒，生活著實不易，過得清苦。可嘆老衲不知建文落腳於貴州何處，恐得勞駕師弟前往貴州打聽。」

圓通道：「多謝師兄相告，事不宜遲，師弟先往襄陽，再到貴州。今日多謝師兄，阿彌陀佛！」

覺明道：「如此，老衲便不再多留，還請師弟一路小心。」

圓通等三人辭別覺明後，星夜兼程趕往襄陽。也就是因為圓通等人為趕路，選大道行走，最終在襄陽附近被錦衣衛發現行蹤。

那日當圓通三人出了密林時，錦衣衛長官正在林外訓斥下屬，辦事不力、膽小怕事等等。由於已無法追查那三人的下落，只得收兵打道回所。錦衣衛所位於吳江縣西龐家塘。那長官一進入衛所即招來侯師爺，商量如何將此事上報指揮同知。

侯師爺道：「曾大人，那三人想必不是那個人，大喊大師兄，只是為了誤導眾人而已。否則不作聲離去，豈不更省事，何必大聲嚷嚷，引人注意呢？而大喊溫州，恐怕有詐，不可提起。」

百戶嘆道：「哎呀，這麼簡單的道理，當時怎麼會沒想到呢？那幾人著實可惡。」

侯師爺道：「大人也知，查獲那個人的蛛絲馬跡，皆要上報指揮同知。我們既已誤判，可能會招來訓斥。倒不如加點油，添點醋，說那個人的護衛武功高強，吾等敵不過，反倒被打傷好幾人等等。」

百戶喜道：「好，好，侯師爺果然厲害，就這麼辦吧。」

侯師爺回書房，洋洋灑灑作了一篇文章，給百戶過目後，以飛鴿傳書順天府錦衣衛所。

楊標接到吳江縣百戶曾仁的飛鴿傳書時，已從福州回北京衛所。看了看文書，這百戶真是愚蠢。這三人，一人想必是圓通，老者應該是宋五言，那少年嘛？林清已死，應是那日在天公廟旁被圍毆的少年陳福。為何這三人會遠去江浙，一上岸即到吳江縣普濟寺。傳聞那個人曾落腳普濟寺，莫非三人是去打探他的下落？若是如此，只要跟住他們，便可查到那個人的下落。一想定主意，便叫來隨從，吩咐備快馬，即刻起程，趕往蘇州府。

不一日，楊標風塵僕僕抵吳江縣錦衣衛所。曾仁在門口迎接，笑嘻嘻道：「楊大人一路辛苦了！」楊標也不答話，逕直往所內正廳去。一落座，即命曾仁招來畫師，並將當日圍捕圓通的眾人全叫來，在前廳集合。曾仁不知指揮同知大人有何用意，也不敢不從，命人依令辦事。

不到片刻時間，畫師和校尉等人已全到齊。楊標說：「當日見過那三人的人，將其面貌、身形、衣著等一五一十，詳細描述給畫師，去。」

畫師足足花了兩個時辰的功夫，才完成三人的畫像，楊標接過一看，倒也有七八分像，於是命畫師依三人畫像，再各描繪九張。方才畫師依眾人七嘴八舌的描述，好不容易才完成畫像，已是筋疲力盡。本想畫像完成後，應可打道回府休息。沒想到又要再描繪各九張，這一畫，可是到明日雞鳴時分啊，心裡怨嘆不已，又能如何呢？只好認命，繼續作畫。

隔日一早，楊標要曾仁找二十位校尉來，說有要事交代。曾仁說：「本衛所只有二十五人，恐無法全數支應，是否請蘇州府調派些人手過來？」楊標想了一下說：「即刻命人去蘇州府，調派十位校尉來。」

楊標命被選出的十位校尉，兩人一組，各持三人畫像，往西查訪南陽、襄陽、承天、岳州和和長沙等五府。從蘇州來的支援人手，往南至永州、廣南、贛州、丁州和泉州等五府。調派完畢，楊標心想，這次佈下天羅地網，圓通三人是逃不過的。

九、重逢

自圓通傳授乘勢刀法後，陳福每日睡前皆會拿出柴刀，練習刀法，圓通也在一旁點撥。老鐵匠出門時帶有磨刀石，有時會教陳福磨刀的要訣，或以手為刀，和陳福比劃比劃。在兩人的教導下，陳福越來越能領會乘勢刀法的精要所在。

老鐵匠曾問陳福，柴刀畢竟短於一般腰刀，為何仍使用柴刀？

陳福答道：「這把柴刀的意義重大，它是阿伯您特地為爹打造，也是爹給我上山砍柴用的，刀法更是師父所教。以這把柴刀使出乘勢刀法，可說集了圓通師父、阿伯和我爹三人之力，見這把柴刀如見您們三。」老鐵匠聽了，默然不語。在一旁打坐的圓通道：「阿彌陀佛！」

圓通雖知建文可能落腳貴州，但仍先往襄陽，因多年前曾跟隨建文去了襄陽。記得當時是八月離開吳江縣，走了兩個月後，才抵襄陽。這兩個月的路上奔波，對曾為皇帝的建文來說，實在苦不堪言。且不論無轎可乘，無馬可騎，就連日常三餐皆得來不易。食不果腹，衣難蔽體，又怕被錦衣衛查獲蹤跡，雖有我們仨護衛，一路上卻如驚弓之鳥般趕路。當時情景歷歷在目，如今回想起來，不勝唏噓。

圓通三人曉行夜宿，費盡千辛萬苦，這日終抵黃龍鎮附近，距襄陽已不到一日的腳程。眼看已是日入時分，老鐵匠建議先行休息，明早再趕路。由於連日奔波，圓通神色疲倦，遂在羅井村打尖住宿。

三人進入村裡唯一的客棧時，先要了兩間房間，並請店主準備三、四樣素菜和五個饅頭。正當準備落座時，從門外進來兩個漢子，一見到圓通三人，便在牆角處桌子坐定，招呼店小二過來，點了二斤牛肉和一壺白酒。圓通三人雖知錦衣衛可能追查他們的蹤跡，心想，既已誤導楊標前往福建福寧，渠等應不知三人已往襄陽而來。有了這層想法，三人對那兩個漢子也不甚在意。兩個漢子以福建話交談，三人也沒將之聯想到可能是楊標派出的探子。

兩位漢子自顧自地喝酒，扯些閒話，眼角餘光卻半點也不離開三人。偶爾交頭接耳，不知在商量些甚麼。陳福聽著他們的口音，有點類似家鄉的話語。因相隔有兩三張桌子，聽得不太真確，只見到其中一人有時低頭，之後抬頭望向這邊。陳福並不知道那位低頭又抬頭的漢子，其實正拿著畫像與圓通三人比對。由於明日需趕早，圓通三人用完齋食後，便上樓進房休息。那兩位漢子見圓通等人入房後，臉上頓時露出雀躍的表情，其中一人對另一人壓低聲音道：「終於找到圓通，這下子可算是立了件大功。」另一人道：「別高興得太早，要緊跟隨著，直到知道最終去處，才是立大功。」

隔日，三人起個大早，也沒在客棧用早齋，便急忙離去。昨日那兩個錦衣衛探子，住在圓通隔壁房，一聽到圓通房內有動靜，也跟著起身，尾隨在三人身後。

圓通三人沒有進襄陽城，而是往城西雲居寺而去。雲居寺建於唐貞觀年間，為著名的十方叢林，建文曾在此掛單。由於此寺的雲遊僧人眾多，且可隨時他住，彼此之間既不相熟，也無須相熟。圓通等人進入雲居寺後，直往齋堂找火頭師父。火頭師父上戒下德，為雲居寺的常住眾，擔任火頭師父一職已有三十餘年之久。彼時圓通仨護衛建文到此避難時，三人曾與戒德師父交好。戒德知道建文落難於此，也不張揚，就如同十方大眾一般地對待。

圓通見到戒德時，戒德正在看顧爐灶，圓通道：「阿彌陀佛，戒德師兄。」

戒德聽到有人叫他，抬起頭，稍微一愣，忙起身道：「阿彌陀佛，請問上下？」

圓通道：「師兄，師弟多年前曾和大師兄一同前來此處避難，當年多蒙師兄照顧，感激不盡。」

戒德道：「可當年只有大師兄一人，師兄是？」

圓通道：「師弟當年為大師兄的貼身護衛，離開襄陽後，剃度出家，法號釋圓通。」

戒德道：「阿彌陀佛，圓通師弟。」

圓通道：「師弟今日來此，有事詢問，不知師兄能否一談？」

戒德道：「師兄現正看顧爐灶，無法離開，能否午齋後再談？」

圓通道：「無妨，陳福在廣明寺擔任飯頭師父多日，看顧爐灶他最在行。」

陳福連忙道：「沒問題，沒問題，弟子除了看顧爐灶外，還會烹煮呢。」

戒德道：「那就有勞你了。」說完，和圓通一起到齋堂外的榕樹下。

尾隨圓通等人的錦衣衛，見三人進入雲居寺後，其中一人對另一人道：「你趕緊回襄陽府衛所稟報，說圓通等人在襄陽雲居寺，我留在這裡探聽動靜。」那人聽後，趕忙跑回襄陽定中門旁的錦衣衛所，以飛鴿傳書給同知楊大人。楊標接到飛鴿傳書後，招集江湖客，快馬往襄陽奔去。

圓通將錦衣衛追查建文和各地寺院連帶受累一事擇要說明，道：「此事攸關眾人安危，若能取得大師兄手筆，以解永樂之疑，或能消災解難。」

戒德道：「師弟此言甚是，只是要尋得大師兄落腳處並不易。來寺掛單的雲遊僧人曾在雲南、重慶、貴州等地遇過大師兄，日子過得清苦，且因身無度碟，無法長住一處。上個月，曾有師兄在貴州六盤水威箐村遇見大師兄，大師兄在瓦窯搭草庵居住。可草庵僅以枯木、野草等搭成，只能遮風避雨，非是久居之地。今日也不知大師兄是否仍在瓦窯，或者已移往他地亦不可知。」

圓通道：「多謝師兄告知，看來只得前往瓦窯，此外別無他法。」

戒德道：「或許也只能如此，阿彌陀佛。」

圓通道：「既已知大師兄下落，師弟等便不在此地多留，阿彌陀佛。」

圓通一行人告別戒德後，便往貴州六盤水而去。守在山門外的錦衣衛探子，一見三人出寺，也跟隨在後，每到岔路，便在牆角或樹幹不明顯處，留下錦衣衛特有的暗號，以便告知後來者前進的方向。就這樣三前一後，猶如三角箭簇帶著箭尾一般往貴州而去。

三人行了數日，終於抵貴州六盤水威箐村，由威箐村走山路，上行到石窯不到五里路。圓通三人在威箐村稍作休息後，沿著彎曲山路，直上瓦窯。這條山路一路往上，最狹窄處僅容一人通過，部分路徑一邊是陡坡，另一邊卻是不見底的深淵。瓦窯村多居住苗族人，以務農為生。再往裡走，山路盡頭為高坡村，住有苗族和侗族人，及少數漢族人。高坡村為最高處，與對面山頭的背陰坡遙遙相對，中間則是無路可行的谷地。

圓通走上山路後，錦衣衛探子便向威箐村保長，打聽山路的去向。得知上瓦窯的山路單只這一條，且只通到高坡村後，便在威箐村等錦衣衛人馬到來。

楊標接獲飛鴿傳書，騎快馬來到貴州府錦衣衛所。探子向楊標稟報，圓通等人已往六盤水而去，楊標也不急於在半路攔截圓通等人，招集人馬，好整以暇地沿著探子留下的錦衣衛暗號而行。楊標的目標是建文，圓通則是帶路人，截住圓通等於斷了建文的蹤跡。

圓通三人走了一個時辰後，赫然見到瓦窯村就立在前面的山坡上。三人進了村，向大樹下乘涼的苗族人詢問大師兄的草庵。苗族人遙指村後的山坡，說草庵在那上面。圓通順著手指方向，爬坡而上，終於在坡頂平緩處，見到簡陋的草庵。接近草庵時，聽見誦經聲從庵內傳出，圓通心頭為之一酸，昔日主君竟落得如此下場！

圓通走入草庵，道：「阿彌陀佛，大師兄。」正在誦經的僧人停止誦經，轉頭望向圓通。僧人道：「阿彌陀佛，請問上下？」站在圓通旁的老鐵匠答道：「大師兄，我是宋五言。」僧人望向他，臉上驚訝之情多於重逢的喜悅，問：「是你們，你們怎麼會到此處？」圓通道：「大師兄，老衲上圓下通，俗家名謝端。」僧人淚眼汪汪，感嘆今生竟能夠再遇舊人。大師兄開口道：「圓通師弟，你們可有帶乾糧來，貧僧近日兩餐多以野果果腹。」圓通聽了大吃一驚，沒想到大師兄的生活竟如此困頓，趕忙對陳福道：「趕緊去村子買點吃食來。」陳福急忙跑去瓦窯村，但瓦窯村並無販賣吃食的小攤，只得一路跑去山腳下的威箐村。老鐵匠從包袱裡拿出兩塊餅，先請大師兄充飢，待陳福回來後再飽食一餐。

大師兄與圓通等人坐在草庵外，較粗樹幹鋸成的座椅上，慢慢吃著餅。圓通不急著說明來意，等大師兄吃完餅再說也不遲。看大師兄吃餅的樣子，似乎是很長的一段時間內，未曾好好進食，心中感慨萬端。遙想當年逃難時亦是如此，食不飽腹，終日耽驚受怕。今日情況未曾好轉，如此這般下去怎得了？

圓通等大師兄吃完後，開口道：「師弟今日前來，乃因永樂命錦衣衛暗中追查大師兄的下落，務必將大師兄的生死查個確實。這事由楊標主持，楊標為徹底追查，造出諸多事端，連累受害的不只是眾多舊臣，大師兄曾駐足過的各地寺院，亦遭錦衣衛不時侵凌騷擾。」

大師兄道：「阿彌陀佛，一切罪過皆因貧僧而起。可貧僧早已無復位之心，為何錦衣衛仍窮追不捨？」

圓通道：「錦衣衛只是依令而行，主要是當初貍貓換太子之計，未曾取信於永樂，致使永樂懷疑大師兄已潛逃他處，密謀招集勤王之師，奪回帝位。」

大師兄道：「自出宮後，輾轉各地，聽聞齊泰、黃子澄、方孝孺等諸臣皆被殺害，溥洽師父被囚，眾人皆因貧僧而蒙難，罪過，罪過，阿彌陀佛！」

圓通道：「如今永樂之皇權已穩固，即使要再起事，成功的機會不僅渺茫，又會連累天下蒼生，實在做不得。」

大師兄道：「貧僧早已無復位之圖，師弟當知貧僧心意。」

圓通道：「可永樂尚不知！為消除永樂疑心，勢必得讓永樂知道且相信大師兄已無覬覦皇位之心。」

人師兄思索片刻，道：「好，既然如此，貧僧撰一書信，表明心跡，師弟再想辦法送給永樂。」

圓通道：「大概也只有如此，可是要如何送給永樂？」

大師兄道：「貧僧遊歷四方時，屢次聽聞皇叔遣給事中胡濙打探貧僧的下落。若能尋得胡濙，並將書信交給他，請他面交皇叔，或許可解皇叔心中的疑惑。」

圓通道：「看來也只有此途可行，交信這事就交給師弟辦理。」

大師兄道：「好，貧僧入內撰信，師弟在此稍侯片刻。」

片刻後，大師兄拿一封信給圓通，道：「胡濙認得貧僧的筆跡，當知此信不假。」

圓通道：「若永樂能相信大師兄所言，天下蒼生可免一難，阿彌陀佛。」

圓通將信轉給老鐵匠保管，並囑咐要轉知陳福。倘若他自己未能完成此事，陳福必須擔起重擔。老鐵匠聽後感覺怪異，圓通似乎在交代後事，道：「是，大哥，此事包在我身上。」三人在庵外一邊等候陳福，一邊閒聊這二十年來的種種經過。雖是閒聊，並無雲淡風輕之感，反倒是感嘆造化弄人居多。這時，從庵後走來一位老者，圓通仔細一瞧，原來是當初一起逃出宮的心腹太監王保。多年經過，王保已顯老態龍鐘，無復當年樣貌。王保原本就與圓通等人相識，見到圓通和老鐵匠，心中感慨，最難風雨故人來，更何況在此潦倒之際，一時老淚縱橫。

王保道：「咱家方才去後邊高坡村找點吃食，村民雖是好客，卻也都是山區的窮苦人家，自身溫飽尚且不足，並無餘裕接濟他人。不過，民家仍是給我一點吃食，這點東西怕只夠一、兩餐份，也就將就著吧。」聽到王保所言，圓通和老鐵匠心理不捨，可又別無他法。

正當眾人感嘆之際，聽到陳福上氣不接下氣地急奔而至，口中大喊：「師父，不好了，錦衣衛。」

圓通等人迅即起身，道：「先緩口氣再說。」

陳福深深吸了幾口氣，待氣息較平緩時道：「弟子先去瓦窯村，但瓦窯村並無賣吃食的店家，又跑到山腳下的威箐村。買完欲回時，見到來路遠處塵土飛揚，似有大隊人馬往威箐村而來。等隊伍離村約二里時，瞧見來者身著官服，似乎是錦衣衛，弟子不敢久待，急忙跑回來。」

圓通道：「看來錦衣衛已知我們的行蹤，且已跟隨數日，可嘆老衲竟無察覺。」

老鐵匠道：「回想起來，應該是在羅井村用晚膳時，坐在牆角桌的那兩個漢子，那兩人朝我們這邊東張西望，似乎有甚麼企圖。」

圓通道：「事已至此，多說無益。如今只能請大師兄從後山離去，師弟等三人在山路狹窄處截住錦衣衛，盡量拖住錦衣衛眾人，讓大師兄有較多時間遠去。」

大師兄道：「罪過，罪過，一切皆因貧僧而起，若師弟再有任何閃失，貧僧實在罪孽深重。」

圓通道：「大師兄何出此言？事不宜遲，請大師兄盡速離去」，接著對王保道：「大師兄託給您了，還請您多多照料。」

圓通要陳福把剛買來的吃食全給王保帶著，並請老鐵匠分出一半的盤纏給王保。圓通道：「大師兄，今日一別，今生恐難再相見，還望大師兄多多保重！」

大師兄道：「師弟，見是緣，不見亦是緣，緣聚則生，緣散則滅，阿彌陀佛！」說完，隨即與王保往高坡村而去。

圓通目送大師兄離去，對老鐵匠和陳福道：「山路僅此一條，別無他路，我們在較狹窄處擋住錦衣衛，能擋多久就擋多久。今日將有一戰，陳福你準備好了嗎？」

陳福道：「請師父放心，弟子有爹的柴刀和師父傳授的刀法，盡可擋住錦衣衛。」

圓通道：「除此之外，你還有一項重任，須將大師兄的親筆函信交給胡濙大人，跟隨胡大人北上面聖，這事就著落在你身上，切記。」

說完，向老鐵匠點點頭，老鐵匠隨即將信交給陳福。

陳福接過信，問道：「師父，您不跟我們去嗎？」

圓通看看陳福，又看看老鐵匠，道：「阿彌陀佛，走。」

三人快步下山，守在只容一人通行的較狹窄處。

十、不捨

楊標領著錦衣衛人馬，從貴州府不疾不徐地來到偏遠的六盤水威箐村。守在村裏的探子見人馬來到，便趨向前稟報，謂圓通三人已上山，山路只此一條，且山路盡頭為高坡村，村後為山谷，村民出入皆由此山路。楊標聽了，暗忖這下圓通等人插翅也難飛了。

錦衣衛眾人將馬匹栓在村裡唯一的客棧前，留下一人照料外，其餘緹騎皆往瓦窯村前進。這條山路較為狹窄，起先是三、四人一伍，不久後，變成兩人一伍。楊標此行勢在必得，故盡調集貴州府的錦衣衛好手，再加上江湖客共三十人。

錦衣衛眾人浩浩蕩蕩往山裡去，行不到三里路，便見有三人站在路中，擋住去路。前頭領路的百戶見狀，趕忙報給後頭的楊標。楊標走到前頭，看見是圓通等三人，便將江湖客調往前隊，錦衣衛校尉在後。楊標領頭慢慢走向圓通，在距圓通三丈處止步。

楊標道：「那個人在這裡吧？」

圓通道：「施主何不回頭，此處沒有施主要找的人。」

楊標道：「老和尚是在說笑嗎？福建福寧才沒有我要找的人。福寧只是你的聲東擊西之計，你以為我會相信？」

圓通道：「信或不信，全在施主一心。」

楊標道：「老和尚守在這裡，無非是想拖住我們，好讓那個人多點逃走的時間罷了。你以為我不知道你的盤算嗎？」

圓通道：「施主，上天有好生之德，施主還是回頭吧！」

老鐵匠插嘴罵道：「楊標，你這廝背信忘義，賣主求榮，你害了三弟，先吃我一刀再說。」說完便舉起腰刀，想要上前與楊標廝殺。圓通以手阻擋老鐵匠，示其勿輕舉妄動。

楊標道：「老鐵匠，你以為你走的是正道？成王敗寇，你不會到現在都不知道吧？老和尚如此這般拉扯，以為動動嘴皮子，我們就會乖乖退回。告訴你，今日不抓到那個人，絕不善罷甘休，上。」

上字一出，楊標身後的江湖客便挺身而出，但因山路狹窄，只能容兩人並行，老四和老五互望一眼，手持單刀殺來。圓通手持齊眉棍，立在路中，頗有一夫當關之勢，三人遂在山路上打了起來。使刀兩人擅長攻守互補，左右交替，原本配合得極好，但因路狹，變位不易，無法左右挪移，且兩人皆以右手使刀，站於外側者，一時之間，身手稍嫌受阻，難以全力施展。

圓通這邊卻毋須變換方位，只需站穩腳步，擋住來刀即可。三人如此過了二、三十招，使刀兩人未能前進半尺。楊標一看，如此下去，即使打到明日，大概也未能分出個結果。於是轉頭命錦衣衛校尉，上右側坡，再繞行至圓通等人背後。錦衣衛領命後，手腳並用攀爬上坡。

陳福看見錦衣衛上坡，對老鐵匠道：「我上去擋住他們。」老鐵匠點點頭，守在圓通身後。

右側坡高有數丈，坡上林木不密，但地勢稍微平緩。陳福攀緣樹根，爬上坡頂，一上坡即使出乘勢刀法擋住錦衣衛。在此之前，陳福從未與人對戰過，今日為其首次實戰，故使刀小心翼翼，刀招變化中規中矩。陳福初始可擋住兩人，待錦衣衛陸續上坡後，漸感吃力。老鐵匠看陳福的對戰招式已現左支右絀，在圓通身後道：「大哥，我上去幫助陳福。」

老鐵匠縱身一跳，兩三步便跨上坡頂，展開凌厲的腰刀攻勢。這次前來的錦衣衛雖各個是衛所中的好手，但比起這位錦衣衛前輩卻略有不足。只見老鐵匠腰刀使得虎虎生風，不一會兒有兩名中刀，被老鐵匠踢下坡去，但隨即有人補上。老鐵匠一邊應戰，一邊對陳福道：「刀式無法大開大闔，就小巧應變。」這句話雖僅寥寥數字，卻給陳福莫大提醒。原來方才應戰，是以空曠地的招式對應，但因前後左右皆有樹木，難以全身伸展使刀。如今在這坡上，柴刀僅一尺長，正適合近身博殺。不過所謂一寸短，一寸險，仍必須小心在意。錦衣衛眾校尉拿的是三尺長的腰刀，坡上林木雖是稀疏，出刀時未免須顧慮，免得一刀砍在樹幹上拔不出。

陳福一想通這「勢」的道理，便小巧挪移，靈活變化。漸漸的，被陳福砍傷的錦衣衛多了起來，哀叫聲此起彼落，陳福對乘勢刀法的運用也越來越熟，刀招流轉隨意，出刀方位變化迅速。老鐵匠見陳福已可力敵，居於不敗之地，盱衡敵我情勢，毅然衝出坡上錦衣衛包圍圈，直接跳進山路上錦衣衛的隊伍中。尚來不及爬上坡的錦衣衛校尉各個大吃一驚，沒想到對方竟然此大膽。老鐵匠一輪猛攻，殺得各校尉是節節敗退。

老鐵匠這一跳，頓時改變對戰情勢。圓通依舊固守在路上，力抗兩名刀客，絲毫不讓他們越雷池一步。陳福在坡上擋住錦衣衛，不讓他們繞到圓通背後。老鐵匠打進錦衣衛的後隊中，擾亂隊伍的陣腳。山路原本就不甚寬敞，居後的校尉們一陣驚慌，推擠之下，便有兩三人失足跌落谷底。

楊標眼見情勢丕變，命江湖客老大和老三去對付圓通，使刀的老四和老五上坡去對付陳福，自己則去會會老鐵匠。老二在一旁掠陣。楊標命令一出，江湖客隨即迅速換位。老大以迷蝶掌拍向圓通，圓通初以齊眉棍應付，後覺得齊眉棍不易對付迷蝶掌，便將齊眉棍朝邊坡用力一擲，入土一尺，以千手觀音掌與老大對陣。兩人四掌拍得是變化多端，老三的狼牙棒在後方虎視眈眈，但在狹窄的山路上，尋不得一絲出棒的空隙，只得在老大的身後乾瞪眼。

老四和老五退出與圓通搏鬥後，隨即躍上坡，直取陳福。陳福見兩人上來，也不懼怕，挺刀接戰。原本與陳福對戰的校尉，慢慢退出，欲趁隙繞過陳福，跳到圓通的背後，以便前後夾擊圓通。陳福雖看出校尉的企圖，但被老四和老五困住，一時無法顧及。

圓通的武功本就高於老大，當日在雞冠頂上被打一掌，純粹是因陳福慘叫一聲而分心所致。如今陳福已可抗敵，圓通便可專心對付老大。老大的迷蝶掌學自蝴蝶雙翼的上下左右拍動，端的是出掌方位撲朔迷離。但圓通的千手觀音掌更勝一籌，掌型與掌勢的變化，以及出掌速度之快，有如千掌襲來，不知何掌為真，哪掌是幻，直是迷人眼目。不到三十招，老大胸和腹已被圓通擊中數掌，噴出一口血霧。

老三見老大已無法應付圓通雙掌，顧不得路窄，便掄起狼牙棒向前衝去，圓通往後退了兩步，伸手拿取插在坡土上的齊眉棍，想架住狼牙棒的雷霆一擊。但只聽見咯擦一聲，齊眉棍硬是被狼牙棒打成兩截，且狼牙棒的墜勢並無停止，棒頭擊中圓通胸口，兩三顆狼牙插入圓通胸膛，頓時上衣滲出點點血紅。老三見一擊中的，猛力揮擊圓通。

圓通強壓住一口鮮血，以雙節棍化解狼牙棒的凌厲勁道。原本山坡上的校尉，見雙刀困住陳福後，準備偷溜下坡，繞到圓通身後，和老三兩面夾擊圓通。

在山坡上，老四和老五以雙刀圍住陳福，兩人攻守配合極佳，陳福一下子看不出兩人的破綻。雙方你來我往過了二十多招後，陳福終於看出兩人出招配合的小隙縫。兩人刀招的配合雖有法度，但出招的速度無法一致，左邊那人始終都慢了一些。之所以慢，是當日在雞冠頂上圍攻圓通時，被圓通以虎鶴雙形拳折斷右腕，雖曾治療，手腕的靈活卻不如以往，致使日後出刀總是不甚順暢。

就是這個慢，讓陳福抓住時機，在一人已出招，另一人將出招之際，以迅雷不及掩耳的速度，近身攻向左邊那人，柴刀劃過他的左手臂，頓時血流如注，再迴刀砍中另一人的右手，幾乎把右手砍下來。隨後刀交左手，反手握刀，重重畫過左邊刀客的大腿，老四和老五頓時倒地。電光石火之間，陳福殺退兩人。坡上錦衣衛見狀，雖圍住陳福，不敢靠得太近。

在錦衣衛隊伍後端，楊標直接面對老鐵匠，兩人既是舊識，對彼此的功夫也略知一二，打起來堪稱勢均力敵，一時難分勝負。不過，老鐵匠身後的校尉不時瞅準時機，出刀偷襲，致使老鐵匠必須分心注意身後來刀。老鐵匠雖已上了年紀，平日打鐵製作農具鐵器，力氣還是有的，使刀的力道也還有年輕時的七八分。楊標早年的功夫著實不賴，因任指揮同知一職，忙於公務疏於練習，三十餘招下來，已漸力有未逮。老二見狀，雙拳直取老鐵匠。敢以空手應對腰刀，可見使拳之人的厲害。更有甚者，老二的雙臂戴有金絲軟甲袖套，不懼刀砍劍刺。老鐵匠不知箇中秘密，刀刃屢次劃過那人的手臂，暗忖為何不見鮮血流出？老二出手，招招狠毒，拳打咽喉，腳攻下陰。再加上有金絲軟甲袖套護臂，敢近身搏鬥，老鐵匠頓時接連中了數拳，踉蹌退了

三、四步，身後的錦衣衛趁機攻了老鐵匠數刀。

處在坡上的陳福瞧見老鐵匠似乎脫不出圍攻，柴刀奮力一揮，趁校尉退縮之際，快步衝下坡，跳到老鐵匠的身旁，敵住空手出拳的老二，道：「阿信伯，您還好嗎？」老鐵匠道：「我還好，小心，那人的左右手臂似乎戴有軟甲之類的護套，可專攻他的下盤。」陳福聽後，出刀改以下盤刀法的掃、砍、掛、穿，左手以中盤手法應對。老二原本仗著手臂的護套，無懼老鐵匠的腰刀，但陳福的柴刀不僅比腰刀短，利於近身搏鬥，又專打下盤，老二一時之間無法應付，雙腿被劃了好幾刀。老鐵匠後背雖已受些刀傷，對付其餘的校尉還綽綽有餘。

楊標退出戰局後，看前方老三的狼牙棒和兩三位校尉圍住圓通，後方老二與校尉力戰陳福和老鐵匠，獨不見使刀的老四和老五。往坡上一瞧，見有校尉正朝圓通去，趕忙喊住他們，要他們直接上瓦窯村。坡上的三名校尉聽到後，跳下坡，沿路往瓦窯村奔去。

圓通雖力戰狼牙棒，耳中也聽到楊標的命令。為阻止校尉前去，力灌雙臂，將兩節齊眉棍擲去，正中其中兩人的後腦勺，兩人往前撲倒在地，昏了過去，第三人往瓦窯村跑去。然就在這一時刻，老三的狼牙棒毫不留情地往圓通的背後擊去，圓通背後中棒，口吐鮮血。老三再趁勢一掃，一舉將圓通掃下山谷。

與老二對戰的陳福見到圓通師父被打落山谷，心中大驚，哭著喊：「師父！」陳福想奔向師父墜谷之處，剛一動身，卻被老鐵匠拉住，道：「我們走。」老鐵匠拉著陳福，打退錦衣衛後，便往山下跑去。兩人一路跑到威箐村，瞧見錦衣衛的馬匹栓在客棧前，毫不客氣地擊倒看守馬匹的錦衣衛，搶了兩匹官馬，將其餘馬匹驚嚇走，快馬朝雲南騎去。

楊標見到圓通墜谷，老鐵匠和陳福跑下山後，趕緊集合眾人，將傷者留在原地，其餘人跟他上瓦窯村。錦衣衛眾人疾走不到一炷香時間，抵瓦窯村口，方才跑上來的校尉已探明建文的草庵，便在村口與眾人會合後，帶領大夥往村後山坡去。眾人至草庵時，只見人去庵空，哪有那個人的身影。錦衣衛校尉裡外查看，除了留下幾件僧服、佛經、常服和日常生活器具外，並無其他物品。楊標想，一來那個人生活困頓，二來走的匆忙，未來得及將僧服帶走，於是命校尉趕往山路盡頭的高坡村。當校尉抵高坡村時，也不見任何外來人的身影，校尉們將全村搜索一遍，亦搜尋無著。

楊標坐在草庵外，望著來時路，心中暗忖，此次前來，本有一舉擒獲的希望。無奈圓通等人阻攔，致使功虧一簣，可恨。草庵之人已然走遠，圓通也被擊落山谷，尋人的線索就此中斷。罷了，已別無他法，只得先回衛所，再做打算。楊標命眾人下山，將傷者送貴州府醫治。

楊標一行人下到威箐村時，發現看守馬匹的校尉昏倒於地上，騎來的馬匹不見蹤影，開口大罵老鐵匠。眾人趕緊四散尋找馬匹，費了好一番功夫，才將馬匹聚攏，整隊垂頭喪氣的回貴州府。

十一、果報

老鐵匠領著陳福一路騎馬朝雲南跑去，直跑出十多里路後，才於不知名的野溪下馬休息。陳福未曾騎過馬，方才上馬時，有點手足無措。後在老鐵匠的指導下，才不至於從馬背上摔下來。

陳福下馬後，嚎啕大哭，定要回去找師父。老鐵匠道：「大哥被狼牙棒擊中，掉落山谷，生死未卜。我們只能暫且在此休息，等明日錦衣衛走遠了，再回去找大哥不遲。現下除了等待，養精蓄銳外，無更好的辦法。」陳福雖心急，也只能和老鐵匠在溪邊休息。陳福拿出淨光給的青草膏，塗抹老鐵匠的傷口，再拿出兩塊餅充飢。兩人就合衣在野溪旁過夜。

隔日清晨，天剛亮，老鐵匠叫醒陳福，到溪邊稍微梳洗後，騎馬往威箐村方向去。兩人行到威箐村外三里處時，老鐵匠便要陳福下馬，一起徒步前往。陳福問：「為何不能騎嗎？」老鐵匠道：「避免打草驚蛇，騎馬易引起注意。」兩人讓錦衣衛官馬自由離去後，小心翼翼沿著路旁，走向威箐村。到了威箐村，不見錦衣衛蹤影。詢問村民，知錦衣衛已於昨日離去，且隊伍中有多人受傷。兩人才放心地走上山路，往瓦窯村跑去。

跑到圓通墜谷處，陳福本想直接下溪谷，尋找圓通。老鐵匠道：「此處不易攀爬，我們到前方有可落腳處，再下去。」兩人往前走了一小段路後，發現似有小徑通往谷底，於是便從此處下到溪谷，再沿溪尋找圓通。費了一番勁，終於在一塊大石頭旁，找到圓通，但圓通已無氣息。陳福放聲大哭，老鐵匠亦淚眼婆娑。兩人協力就地安葬圓通，陳福仍是淚流不止。

老鐵匠道：「大哥已完成他的任務，接下來是咱倆要完成大哥的遺願，我們必須找到胡濙，把信交給他。」

陳福問道：「阿伯，我們要去哪裡找胡濙呢？」

老鐵匠道：「胡瀠乃常州府武進人，建文二年中的進士，曾在建文朝任官兩年有餘，我與他有數面之緣，他應當記得我。我們往常州去吧。」

兩人拜別圓通，陳福在墳前磕了三個響頭，淚流滿面，依依不捨地離去。費盡千辛萬苦，在路上奔波個把月後，好不容易才抵達常州府武進。在僻巷找了間小客棧，權充父子，要了一間房間。老鐵匠稍事休息，便去街上打聽胡瀠的住所。街上沿街叫賣的糖葫蘆小販說：「胡大人住在東交巷第三家，但已許久未曾回家。即使連他老母親去世，都沒見他回來，也不知在忙些個甚麼」，小販繼續沿街叫賣他的糖葫蘆。

老鐵匠回到客棧，對陳福道：「胡瀠已多年未回，也不知何時會回來。胡府在東交巷第三家，我們權且在他家附近守候幾日，若還是未回，再做打算。」於是兩人便在東交巷口附近輪流守候。

等到第四日傍晚，老鐵匠因守候無著，欲回客棧休息時，見到一輛馬車緩緩駛入東交巷，在第四家停下。從馬車上下來一位官人，走到第三家門前，雙膝下跪，磕三個響頭。老鐵匠趨近一看，這不就是胡大人嘛！

喜出望外的老鐵匠喊：「胡大人。」

胡瀅道：「敢問？」

老鐵匠輕聲道：「我乃建文貼身侍衛宋五言。」

胡瀅一臉疑惑，問道：「宋五言？」說完起身。

老鐵匠道：「是，正是，我和謝端大哥曾一起擔任建文的侍衛。」

胡瀅聽到謝端的名字才想起，道：「對，對，那日宮中火起，你們從此下落不明。今日你來找余，是有何事？」

老鐵匠道：「此處非說話場所，胡大人是否可隨我去，有建文事相告。」

胡濙一聽到與建文有關，連道數聲好。老鐵匠領著胡濙到僻巷的客棧，馬車就停在客棧後，

在客房內，老鐵匠將建文那日出逃，眾人陪伴輾轉江浙一帶，後與建文分離，以及錦衣衛領密令後窮追不捨，打擾佛寺等事擇要敘明，道：「大哥，也就是圓通師父決定尋找建文，取得口信轉交給胡大人您，面交聖上，以便解建文和各寺院之難。」說完要陳福把建文的信交給胡濙。胡濙接過信後，展開閱讀，頻頻點頭說好。

胡濙道：「那日宮中火起，雖有指認焦黑屍首為建文，但因難以辨認，永樂帝無法確認建文是否真死於宮中大火。再加上傳聞傳洽為建文剃度，並知建文逃亡之事，永樂帝便命余四處查訪其下落，前前後

後歷經二十餘年，足跡踏遍江浙、湖、湘、黔各州府，遍訪大小寺院不計其數。期間也曾聽聞建文在某某處落腳，趕去時，也沒發現蹤跡。永樂帝曾召見余數次，垂問查訪結果，余除了稟報各地民情外，關於建文下落一事，實在無可奉告。

訪查期間遭逢母喪，曾請求回家守喪，但未獲准。為人子女，生時未能盡孝，死後無法守喪，實是有違孝道，然聖上之命又不可違逆。是以只能趁訪查公餘，回家一拜，聊表孝心。」

老鐵匠問道：「聖上既已委命於您，為何又密令錦衣衛四處尋查？」

胡濙道：「此事箇中原由余並不知曉，但曾聽聞錦衣衛手段狠辣，各地寺院不堪其擾。余四處奔波，為的是能早於錦衣衛尋得建文，將此事了結，否則若落入錦衣衛之手，後果極難想像。」

老鐵匠道：「幸好我等早錦衣衛一步尋得建文，並取得其書信。只是大哥與三弟相繼被錦衣衛所害，楊標那廝真是可惡！」

老鐵匠向胡濙介紹陳福，道：「此少年為我三弟兒，單名福。此次隨我們前來，幫了不少忙。」

陳福道：「弟子見過胡大人。」

胡濙道：「好，好，免禮。如今已有建文書信，且筆跡為真，兩位是否隨余北上？」

老鐵匠道：「自當如此，一來可完成我大哥遺願，二來也可護大人安全，我兩人願隨大人北上。」

胡濙道：「好，事不宜遲，明日辰時在東交巷口會面，從張家港搭官船至順天府。」

這是陳福第二次搭船，只是此次少了圓通師父，有點黯然神傷。船行廣闊海域，陳福吃著餅，突想起一事，問倚欄杆遠眺的老鐵匠：「那日我們乘船時，為何師父只吃一塊餅，就說飽了？」老鐵匠道：「唉，因為你買的餅由豬油製成，你吃得津津有味，可大哥乃出家人，沾不得葷。大哥不忍心責怪你，勉強吃下。你要給他第二塊時，他當然說已經吃飽了。這是大哥體諒你。」陳福聽後又是淚流滿面，責備自己為何不多加小心。

船行數日後，眾人在大沽口下船，老鐵匠和陳福隨胡濙搭乘馬車至順天府。老鐵匠在鼓樓東大街的悅來客棧要了一間雅房，胡濙回其住所。傍晚時分，胡濙身著便服，來到悅來客棧找老鐵匠。三人在房內談話。

胡濙道：「今晚，余將面聖，把建文的書信呈上。至於聖上是否收回查訪建文的成命，余不敢多加揣測。建文已在信內表明其意，還說可能將有遠行。聖上會做何處置，只能由聖心獨裁。」

老鐵匠道：「建文既已表明心意，還望大人能多多向聖上建言。」

胡濙道：「余知，余先回府，你們在此稍待，余明午過後再來，告辭。」

胡濙回府後，在客廳坐了甚久，把建文的書信展讀數遍，思索建文所言是否可信。胡濙思來想去，從座椅起身，在客廳內踱步。不管如何，此信既由建文所寫，將之呈給聖上，余的任務算是已了。至於聖上信否，屆時再議。主意既已決，也顧不得是深夜，便騎馬朝紫禁城去。

胡濙入宮求見時，永樂帝本已就寢，聽聞內侍報胡濙求見，便急忙起身，宣胡濙入宮覲見。胡濙將建文書信呈給聖上，君臣二人直談到四更天，胡濙才出宮回府。

當日午後，胡瀅到客棧，告訴老鐵匠與陳福：「聖上已明白，應當不會再查訪建文的下落，此事應可告終。」

老鐵匠道：「如此甚好，吾等終於可以安心過日。」

胡瀅對陳福道：「陳福，聽聞你的武功不錯，年輕，又無家累，余可推薦你加入錦衣衛，錦衣衛也有忠良之輩，如圓通師父和你爹等人。」

陳福道：「多謝大人抬舉，弟子欲先回老家，此事日後再作打算。」

胡瀅道：「這可是大好機會，可功成名就，光宗耀祖啊。」

陳福再三婉拒，胡瀅只得作罷，道：「小兄弟，好好保重，日後若心意改變，你知道去哪裡便可找到余。」胡瀅起身告別二人。

胡瀅離去後，老鐵匠和陳福商量下一步該如何走。陳福道：「自然是去找楊標，為師父和爹娘報仇。」老鐵匠道：「本就該如此，只是楊標為錦衣衛長官，若這廝傾錦衣衛全力，憑我們兩人根本無法應付。」陳福道：「那便如何是好？」老鐵匠道：「我來寫一信約戰楊標，信封內附上你爹的腰牌，將此事定為私事，與錦衣衛無關，江湖事，江湖了。想必楊標那廝不敢動用錦衣衛才對。」陳福道：「就依阿伯所言。」

陳福向店家借來筆墨紙硯，要了一個信封。老鐵匠簡單寫了幾個字，與三弟的錦衣衛腰牌一起裝入信封。封文寫「錦衣衛指揮同知楊標」。寫好，出了客棧，與陳福一起信步至錦衣衛所附近，託一小兒，將書信拿給大門口當值的校尉。老鐵匠指著不遠處大門口站著的兩人，道：「哪，就是那兩位。」小兒點點頭，老鐵匠給小兒五文錢，權作跑腿費。

小兒拿著信，跑向門口校尉，把信交給右手那人。校尉略為遲疑，接過信後，問：「誰要你拿來的？」小兒往後一指，說：「他們。」校尉往小兒手指的方向望去，只見路上行人來來去去。又問：「哪一個？」小兒說：「咦，他們剛剛還在那裏的啊，怎麼不見了。」校尉本想再問仔細，不料小兒一溜煙就不見了。校尉看信封上寫著同知大人的名字，不敢怠慢，連忙把信交給值日的總旗，總旗再呈給楊標。

楊標看到封文寫他的名字，信封鼓鼓，裏頭似有東西。拆開封口，把東西拿出來，見是林清的腰牌，大吃一驚。這林清不是已身亡，為何腰牌會出現在信封內。待打開信箋，見箋上寫著：「明日戊亥之交石景山法海庵大榕樹」，以及「江湖事江湖了」。

楊標自那日在威菁村山路大敗，回到順天府錦衣衛所後，一直悶悶不樂。想數月來，追查建文一事，頗有進展，卻被那圓通橫加阻擾，致使一事無成。這還不打緊，畢竟十餘年來，各地雖有傳出建文的下落，最後總是空穴來風，毫無蹤影。可這圓通武功比以前更高，竟折了我手下好幾人。那日一戰，雖將圓通打落山谷，江湖客中，卻有三人身受重傷，草庵四處又找不到建文的蹤跡。今日上午，傳來廢止查訪建文的密令，莫非聖上已知悉建文的下落，故廢止密令？

楊標看著那張信箋，江湖事江湖了，言下之意是只關私事，無涉公堂，想是老鐵匠要替圓通和林清報仇了。想找我報仇，老子怕它個鳥，要來就來，老子一口氣還未出盡呢。楊標喚來老二和老三，跟他們說老鐵匠約戰之事，要他們回去準備準備，明日準時赴約。兩人聽了，也想替其他三人出口氣，同聲道：「好。」

石景山位於順天府西郊，素有燕都第一仙山之稱，山上林木蔥鬱。自周武王起，即納入歷代各朝的縣地。山上有一法海庵，相傳為唐代高僧法海所建，也不知傳聞真假。庵後有株大榕樹，據聞已有數百年歷史。

時辰已到，老鐵匠和陳福早就在法海庵後等候。此時月明星稀，皎白月光照亮石景山區，應是賞月好時光，可老鐵匠和陳福並無那份閒情雅致。陳福聽到庵前路上，窸窸窣窣腳步聲傳來，聽起來，應不只一人。兩人對望一眼，楊標帶了幫手來。

楊標與江湖客中的老二和老三一同前來。一路上，三人沒多交談，都知道今夜肯定會是個長夜，能否看見日出東方，尚未可知。

楊標三人走近大榕樹時，老鐵匠與陳福已在樹下，兩邊人馬隔三丈，面對面站立。老鐵匠先開口道：「楊標，今晚我鐵匠肯定是不想看到明日的太陽，你也不會見到丁點日光。不殺你為大哥和三弟報仇，我枉為他們的兄弟」，對江湖客道：「至於你們兩人，原本我們和你們無冤無仇，可你們竟然為虎作倀，大哥和三弟死於你們之手，你們兩個也別想逃。」

楊標道：「老鐵匠，咱們各為其主，遵從主命，這也沒甚麼好說的。

要打就打，別婆婆媽媽說一大堆無關緊要的。」

老鐵匠道：「好，乾脆，我先領教狼牙棒。」說完，挺刀殺向拿狼牙棒的老三。其餘人往後各退了兩三丈。

老三的狼牙棒使得虎虎生風，看起來威力強大，再配上壯碩的身軀和一臉橫肉，著實會讓對手先畏懼三分。然而狼牙棒沉重，必須雙手持握，揮擊力道雖強勁，卻難以靈活運用。老鐵匠看清這一點，腰刀碰狼牙棒時，一沾即走，不力擋也不猛砍，以順勢柔勁化解狼牙棒橫暴之力。

兩人在月光下纏鬥，一人步法遲滯，卻力大無比，另一人騰挪跳躍，身似輕盈，絲毫不讓狼牙棒有近身的機會。打了五、六十招後，老三的喘氣聲越來越大，揮棒的速度漸漸慢了下來，老鐵匠的身形也不似方才快速。老鐵匠暗忖，再如此下去，兩邊都討不了好，於是決定找時機，以左手臂被他一擊，換來砍他一刀。再過三、四招後，終於逮到機會。老鐵匠向後佯退兩步，當狼牙棒追擊而至時，突然轉半身，拚著左臂被狼牙棒擊碎之險，一刀砍向老三的左臂，頓時兩人慘叫一聲。老鐵匠被狼牙棒擊中左肩，疼痛難當，而老三更是被腰刀斬斷左手，勝負立時分明。老三左手已斷，自是無法再使狼牙棒，老鐵匠左肩雖受重傷，然右手仍可使刀。此時只要往老三的脖子一抹，老三非立馬斷氣不可。可老鐵匠卻沒有這麼做，強忍著左肩傳來的劇痛，對老三道：「你我往日無冤，近日有仇。那日你殺了我的大哥，今日我本應結果你的性命。但殺了你，也無法讓大哥復生。你的手臂已斷，今後好自為之。」說完，要陳福拿些青草膏和通氣活血散給老三。陳福先拿一包通氣活血散給老鐵匠服下，並依言，將藥膏和藥散遞過去給老三。老三收下後，雖有斷臂之痛，感念老鐵匠的不殺之恩，道：「閣下不殺之恩，某銘記於心。」說完，撿起掉在地上的半截左臂，便自行離去。

老二見了這一幕，對老鐵匠道：「某等本為江湖亡命客，因受楊大人招募，才為其辦事。如今建文案已告終，某也不想再過這殺殺打打的日子。今晚見您老的義氣，某實在感佩。您老與楊大人的恩怨，某不便涉入，後會有期。」說完，分別向老鐵匠和楊標拱手抱拳，追在老三的身後而去。

陳福望著老二離去的背景，大聲喊道：「慢著，你要去哪，我爹娘的仇豈可不報。」

老二轉身回道：「你想報仇，儘管來找，某隨時候教。只是今日，某不想再動手。某乃湖南汝州人，你想來就來吧。」

老鐵匠對陳福道：「對他，我們也不急於一時，讓他先去吧。冤有頭，債有主。」陳福忿忿不平，把目光轉向楊標。

楊標此際猶如樹倒猢猻散，沒想到這般江湖客竟如此不顧情義，忡忡望著兩人離去的背影。老鐵匠開口道：「亡命客眼中只有銀兩，何曾有情義二字。」一語道破楊標心中的怨嘆。

楊標回過神來，道：「來吧，今日就來做個了結。」陳福挺身而出，擎起柴刀，向楊標衝去。腰刀柴刀纏在一起，鏗鏗聲不絕於耳。楊標抱著只能贏的決心，發起一輪強攻。陳福的柴刀雖利於近鬥，在楊標的強攻下，卻近不了其身，只能舉刀招架。兩人打了十餘招，刀刃相撞出點點火星，有如漫天飛舞的流螢。

乘勢刀法攻守兼具，攻時，出刀方位變化多端；守時，嚴謹有度密不透風。楊標無法在陳福身上找到便宜，心中焦慮感漸生。楊標也知道對戰時，焦慮只會壞事，於是試圖壓住那份想贏的急躁。另一方面又想到，若久攻不下，不免師老兵疲，而陳福正處少壯時期，長久對陣，氣力只會此消彼長。

陳福在楊標的猛攻下，只能緊守全身，不讓腰刀有近身的機會。待時候一長，趁楊標偶爾招數使老之際，已能反斬一兩刀。漸漸的，陳福反擊的次數多了起來，已不似先前只能力守。於是陳福開展乘勢刀法的凌厲攻勢，殺得楊標只能舉刀招架。陳福出刀，一刀快過一刀，每砍一刀，楊標就後退一步。退了幾步後，楊標的步法出現凌亂，差點就踉蹌跌地。陳福趁此機會，欺身上前，一刀劃過楊標的右手腕，再一矮身，迅速轉到楊標身後，連砍楊標的左右腳筋。楊標頓時跪了下來。陳福縱身躍起，高舉柴刀，往楊標的天靈蓋劈去。柴刀刀刃卻在距天靈蓋三分處停住，陳福道：「你殺害我的父母和圓通師父，我也應該殺你為父母和師父報仇，但師父教我刀法越強，越要有慈悲之心，不可恃強凌弱。如今你已被我廢去雙腳腳筋，右手也無法再持刀害人，留你一命和左手，是希望你記得，如果再聽聞你不思悔過，仍是仗勢作惡，乘勢刀法會再找上你。」

陳福說完，扶著老鐵匠離去。楊標跪在地上，右手筋和雙腳腳筋已被砍斷，終生成為廢人。

大仇得報，陳福心中並無一絲喜悅之心。這一路與師父和阿信伯走來，雖路途艱辛，屢陷險境，三人合力之下，總能化險為夷。尤其是圓通師父教他許多，就如同他的親爹一般。想到圓通師父，陳福不禁一片感傷。

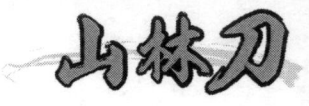

十二、回家

老鐵匠在客棧休養數日後，決定盡快返回鳳山縣城。圓通師父的遺願已完成，兩人的心情輕鬆了一些，也能欣賞沿路風光，不像數月前剛來到中土時，每日急忙趕路，無暇顧及各地風土民情。

這日兩人來到河南開封府，陳福曾在雙慈亭聽說書先生，說過包大人的故事，嚮往南俠展昭的俠義之風，直要老鐵匠帶他去開封府瞧瞧。老鐵匠拗不過這少年的要求，帶他去了開封府。

進了府城，老鐵匠將中原武林各門派的掌故說給陳福聽，陳福聽得津津有味。接近午時，兩人去了間客棧，點了胡辣湯和小籠灌湯包。正大快朵頤時，忽然隔桌有人呼叫：「五言兄？」老鐵匠轉頭一看，再仔細一瞧，原來是王振平！這王振平也是當年建文帝的九人貼身侍衛之一，素來與老鐵匠交好。宮中火起那日，王振平並無當值，是以圓通等人護衛建文出逃後，與他從此斷了音訊。

老鐵匠道：「振平，你怎麼會在這裡？咱們有多久沒見面了？」

王振平道：「自從那日宮中火起，我們就沒再見過面，且音訊全無。我還以為你們已經⋯⋯」

老鐵匠道：「我們沒有。出宮後，我們仨輾轉流離，最後去了泉州府鳳山縣。我當了鐵匠，大哥出家，三弟以務農維生。你呢？」

王振平道：「那日後，我們那班兄弟想想已不可能再待在衛所，乃各自離去。我去了汝州，在定安鏢局謀得一職，任護衛鏢師。今日因公幹來到開封府，沒想到在這裡遇見五言兄，真是機緣湊巧。」

老鐵匠道：「想想也是。這裡人多嘴雜，不是說話之地，今晚我們會在客棧住一宿，如若你左右無事，我們再來痛快喝他兩杯。」

王振平道：「好，一言為定。五言兄這桌，小弟我付了。」說完，王振平叫店小二過來，將兩桌酒菜錢付完後，隨即離去。

陳福好奇地問：「阿伯，他是誰？」老鐵匠把多年前眾人擔任建文護衛之事，向陳福說了一說。陳福道：「原來，他也是爹爹的朋友。」

約莫掌燈時分，王振平來到老鐵匠住宿的客棧。三人在房間內，叫了兩斤牛肉、兩三樣素菜和兩罈白酒，準備好好喝一喝。

王振平道：「這位少年是五言兄的公子？」

老鐵匠道：「不是，他是我三弟的獨子，如今已成遺孤。」

王振平道：「遺孤？到底發生甚麼事。」

老鐵匠道：「這事可得從那日宮中大火說起」，於是老鐵匠把這十餘年來的經過，大要地說給王振平聽。

王振平聽後，長吁了一口氣，感嘆道：「沒想到中間還有這麼多波折，楊標那廝真是罪有應得。幸好建文一事已平息，不知五言兄今後有何打算？」

老鐵匠道：「我們會先回鳳山，我準備把鐵鋪傳給兒子，從此就可逍遙去咯。至於陳福嘛，由他自己說。」

陳福道：「兩位阿伯，我先回老家，再做決定。」

王振平道：「這樣吧，我今日來此公幹，是我們鏢局承接開封府公孫家的委託，準備運送一批貨物到福建汀洲府武平。你們剛好要南下泉州，如果五言兄不嫌棄，我們還可以同行，不知五言兄意下如何？」

老鐵匠還未開口，陳福搶著回道：「好，好。」

老鐵匠笑笑道：「這小子一出來，碰到新鮮事，甚麼都好。陳福，你知不知道，護鏢可是得憑真功夫啊，萬一遇到盜匪，那是要拿刀拼命的。」

陳福道：「阿伯，我有刀啊」，說完把柴刀亮了出來。

王振平看了，笑笑道：「你那把是柴刀，不是一般的護衛腰刀。」

陳福道：「我這把柴刀可管用哪，抗盜、劈柴都可以。」

老鐵匠道：「既然如此，讓這小子見見世面也好，說不定日後他會走上這途。」

王振平道：「好，就如此說定。明日巳時三刻在東大街公孫家前，小弟等候兩位。」

老鐵匠和王振平久別重逢，分外驚喜，自是喝得大醉。陳福本不善飲酒，淺嚐即止，為兩人倒酒挾菜，忙得不亦樂乎。

隔日巳時，老鐵匠和陳福來到東大街公孫家前，見門前已停三輛騾車，車上綁著鼓鼓的貨物。每輛車上都插著一隻三角旗，上頭繡著「安定」和「王」三字，黃底紅字格外顯眼。「安定」自是鏢局的局號，而「王」就是王振平，有亮名號的意味。這一趟走鏢，除王振平為鏢頭外，還有六位鏢師、兩位趟子手和三位車夫。王振平大致跟鏢師們介紹兩人後，便要趟子手走起，趟子手一展手中安定旗，大聲喝道：「安定四方！四方安定！」

老鐵匠見到三角旗中的「王」字，對王振平道：「沒想到老弟還混得有聲有色，鏢旗上都亮著你名號。」

王振平道：「走鏢，一來要會武，二來要能文。武是武功，遇見劫匪，免不了就得打一場，要能護衛貨物不被劫走。文是手段，不僅要應付江湖朋友，也要打通官府。官府尤為重要，既可協助路上盤查通關，萬一有個閃失，官府還可幫忙。我就是因為曾任職錦衣衛，在各地官府眼中，還算得上是自己人。」

陳福道：「沒想到走鏢還有這麼大的學問。」

安定鏢局的鏢隊出開封府後，沿著官道走，進入汝寧府、黃州府到南昌，過了南昌後，離福建就不遠了。這好幾日的走鏢，雖然路上平靜無波，陳福卻興致盎然地和鄭鏢師走在鏢隊前頭，頗有率領千軍萬馬之姿。老鐵匠和王振平看了，都覺得好笑。

這一日，鏢隊走到石城縣，將入晉閩山區之際，王振平要大夥小心，蓋因此山區一來偏遠，二來屢傳悍匪劫貨。官府雖曾派兵緝匪，因山區廣袤，屢次無功而返。

老鐵匠問：「既然如此，為何不走官道。」

王振平道：「走官道得繞行建寧府，如此多了三、四日行程。走鏢得盡快交貨，可不是遊山玩水啊！」

老鐵匠道：「說的也是。」

山區道路蜿蜒，鏢隊才轉過幾個彎路，便見前方二十丈開外，有兩人站在路中央，手上持著亮晃晃的刀。在後方的老鐵匠見狀，不禁笑道：「這是啥？此樹由我栽，此路由我開，若想由此過，留下買路財嗎？」

鄭鏢師見到兩人後，舉右手，喊停，鏢隊停了下來。王振平囑咐老鐵匠幾句話後，走到鏢隊前方，問：「敢問尊駕名號？」那兩人不答話。王振平續道：「我們安定鏢隊欲前往汀州府，兩位江湖朋友是否賞個面子給王某，讓一讓？」那兩人還是不答話。正當眾人丈二金剛摸不著頭之際，鏢隊後方有七八人悄悄靠近。老鐵匠暗忖，原來是包抄圍堵啊。

前方的兩人終於開口，右手那人道：「吾本務農維生的善良小民，因本地連兩年旱災，官府催稅又急，致使走投無路，才在此攔路，討點日常家用。還望老爺能賞點甚麼的，免得刀光劍影，白刀變紅刀。」

王振平問道：「依尊駕這麼說，咱們應賞多少，才無須勞駕槓房？」

那人道：「上天有好生之德，就一半吧，我們也不爭多。」

王振平覺得好笑，若給你們一半，從此安定鏢局也不用在江湖混了，道：「這貨物若是王某人所有，給你一半也無妨。可惜貨物非我所有，乃是他人所託，給或不給，得問貨主，請恕在下無法決定。所謂受人之託，忠人之事，在下可得將貨物毫髮無損交還。」

那人道：「這麼說來，老爺是不肯賞臉了」，話音一落，左手那人便吹一哨聲，鏢隊後方七八人衝了過來，前方又出現八人，和那兩人一起衝向騾車。

鏢隊裡，車夫見搶匪衝來時，趕忙避到路旁，蹲下低頭，趟子手拿起齊眉棍，拉住騾車，守在騾車車旁。王振平、鄭鏢師和陳福三人一起對付前方十名劫匪。從後方衝過來的劫匪由老鐵匠和其餘鏢師負責。眾人和劫匪在不怎寬敞的山路上打了起來。老鐵匠左肩傷雖未痊癒，右手仍可使刀禦匪。

合該是這群劫匪運氣不佳，今日撞上兩位前朝皇帝的貼身侍衛，再加上陳福和鏢師也非省油的燈。不到一刻鐘，劫匪已受傷過半，鏢隊這邊僅兩位鏢師受點刀傷。

王振平喊聲住手，對那人道：「我們停手如何，再打下去，恐怕真得要找棺房了，你說這荒郊野外，到哪找才好？」

那人見己方已有多人受傷，且鏢隊裡不乏好手，今日已難再討些甚麼便宜了，恨恨道：「好，今日權且如此，莫要他日你撞在我的手裡，我們撤。」前後方劫匪一下子撤得精光。

老鐵匠笑道：「這群劫匪真是有眼無珠，今日撞在我們手裡，不要說拿不到一半的貨，恐怕連他們那幾把鐵刀，都要被咱們給收了，拿去當鋪給典當了，哈哈。」

王振平道：「這次多謝老哥相助，若非你們同行，恐怕沒有那麼快就可以把他們給打發掉」，對陳福道：「陳福，你的武功著實不賴啊，我們鏢局正缺人手，要來嗎？」

陳福道：「多謝阿平伯相邀，我還是先回老家再做打算。」

王振平道：「好吧，他日若再想起，來汝州安定鏢局便是。」

王振平要趟子手招集車夫，檢點騾車後出發。從石城走山路到汀州不到一日可至。鏢隊進入汀州城，王振平將受託的貨物，交給西城街萬來商鋪，店主點交無誤後，鏢隊便要打道回府。老鐵匠和陳福兩人去泉州搭船，便在此向王振平等人辭行。眾人相處數日頗為融洽，更有合力抗匪之誼，自是離情依依。

老鐵匠兩人在泉州搭船，於安平下船。越接近鳳山縣城，也不知為什麼，陳福的心越是忐忑。當兩人走入北門，經過天公廟時，見幾個潑皮正圍著一位賣地瓜的老漢，雙方爭執不休。潑皮與老漢在推車旁拉扯，狀似想搶奪老漢的推車。陳福想到從前在此地賣柴，也曾遭一幫潑皮圍毆，頓時心中火起。趕忙上去，道：「你們這幫人如同強盜強搶別人財物，難道沒有王法嗎？」潑皮聽人出聲嚇阻，一看，原來是陳家賣柴的小子。阿源說：「呦，我還以為是哪個英雄好漢，敢來阻擋你大爺的財路呢，原來是你這小子！那日被我們幫主教訓得還不夠嗎？皮好，就忘了肉疼，是吧？」

老鐵匠在一旁微笑地看著，那時的陳福和現在的陳福可不一樣咯！

陳福認出是那日拿柴刀指著他的潑皮，也不答話，直接出拳，兩三招就把阿源打倒在地。其他潑皮見阿源倒地，一哄而散，單獨留下躺在地上的阿源，哀叫不已。陳福過去幫老漢整理推車，一看是阿成伯，道：「阿成伯，是您啊，不用怕，他們以後不敢再欺負人了。」阿成伯道：「小夥子，真是謝謝你。」陳福道：「小事一件，不用謝。阿成伯，您種的地瓜真好吃。」阿成伯道：「想吃的話，隨時來我家拿，家裡種的，多得很。」陳福跟阿成伯說聲好後，左手抓著阿源的後衣領，提起來，說：「走，來去見你的幫主。」老鐵匠也想看熱鬧，跟在陳福的後面。

陳福一行人走到大眾當舖時，幫主何東已經手握解腕尖刀，站在門前等陳福的到來。

何東道：「你這小子是吃了熊心豹子膽嗎？三番兩次找我們的麻煩，上回已放你一馬，怎麼，皮又疼了嗎？」

陳福道：「我看不慣你們在天公廟欺壓善良百姓，就連賣地瓜的老伯也不放過，到底有無天理啊？」

何東道：「天理，甚麼是天理？告訴你，這個就是天理」，說著說著，就把手中白晃晃的尖刀舉了起來。

陳福也不甘示弱，道：「你稱那把是天理，我這把也是天理」，陳福也舉起他的柴刀，左手放掉阿源的後領子。阿源連滾帶爬地回到當鋪門前。

何東道：「既然如此，我們就來瞧瞧到底誰才是天理。」

何東反手握尖刀，先在胸前來回比劃兩回後，往陳福的門面揮去。

陳福後退一步，避過來刀，手中柴刀由下往上斜刺何東右肩窩。何東以左手拍落陳福右手，舉刀刺向陳福門面。陳福再以左手撥開何東右手，柴刀直刺何東前胸。兩人就這樣你刺我擋，過了二十多招。何東屢攻無效，暗忖：不過數月前，這小子還走不過三五招，如今他的刀法已有長足的進步，再打下去，恐怕會輸在他手裡，到時多沒面子，好漢不吃眼前虧，還是見好就收。主意既定，何東刺出一刀後，便往後一跳，道：「我們倆這樣打下去，恐怕半天裡都無法分出輸贏，這樣吧，你說要如何？」

陳福收刀，道：「只要你們此後不在天公廟為難小攤販，我也不來跟你們計較。」

何東道：「這事好辦，我就如此吩咐下去，可好。」

陳福道：「好，一言為定。」

何東道：「你這小子功夫進步神速，我這邊正缺像你如此身手的人物，要不要來試試？」

陳福道：「不用了。」說完和老鐵匠一同離去。

老鐵匠對陳福道：「那人是何人？」陳福將過往的事由說了一遍，道：「我看不慣那些潑皮欺負人的模樣，以前曾受過他們的氣，如今會了武藝，自然無法任由這事再發生，說甚麼也要出面講他個道理，好讓那些潑皮認識一下惡人。」

老鐵匠聽了，哈哈一笑道：「你是比潑皮更惡的惡人，哈哈。這事做得好，不枉圓通大哥對你的時時教導。」陳福聽到圓通師父，心情頓時沉重起來。

兩人走近打鐵街口，耳邊傳來此起彼落的打鐵聲。老鐵匠心情愉快，裂嘴開懷地笑，道：「這世上最好聽的聲音就是這打鐵聲，咚咚咚咚咚咚，聲聲悅耳啊！」

陳福在信利鐵舖前與老鐵匠道別，道：「謝謝阿信伯這一路來的教導。」

老鐵匠道：「欸，這是甚麼話，阿伯和你爹雖不是親兄弟，卻更勝親兄弟。如今你爹不在了，阿伯看顧你是應該的，說甚麼謝。有事無事都可以來鐵舖，你若想學打鐵，也可以啊。」

陳福道：「多謝阿信伯，我先回去了。」

陳福出了東便門，站在東福橋上，望著溪水流淌，心中有些許的落寞。往昔進出東便門，都得經過東福橋，每回總是匆匆而過，從未曾站在橋上，仔細聽聽潺潺溪水聲。今日阿信伯一言，一聽這溪水聲，倒覺得相當悅耳。只是流水聲依然如昔，親人卻已不在。

接近竹仔腳陳家三合院時，陳福心知父母已不在，然睹物思人，也有近鄉情怯之感。待踏入三合院曬稻場時，見曬稻場已清掃過，農作工具排列整齊，主房和廂房的門窗亦擦拭乾淨。陳福想必是秀瑛時常來家裡打掃。

陳福迫不及待地先到父母墳前，卻見到墓碑前石製香爐已插有三支立香，淺藍色青煙猶自裊裊上升。陳福跪在父母墳前，道：「爹娘，孩兒已經找到兇手，為你們報仇了。你們好好安息吧。」說完，磕了三個响頭，淚流滿面。這時，背後傳來細碎腳步聲，「你回來了」：一女子說道。陳福趕忙起身，一看，是秀瑛，道：「妳來了。」秀瑛道：「我若沒來，你有鑰匙開鎖入屋嗎？」陳福笑一笑，道：「沒有，只能破門而入。」秀瑛道：「那倒是不用，回來就好！」（全書終）

國家圖書館出版品預行編目資料

山林刀／五虎崗過客　著－初版－
臺中市：天空數位圖書　2023.04
面：14.8*21 公分
ISBN：978-626-7161-62-3（平裝）
863.57　　112006193

書　　名：山林刀
發 行 人：蔡輝振
出 版 者：天空數位圖書有限公司
作　　者：五虎崗過客
美工設計：設計組
版面編輯：採編組
出版日期：2023 年 04 月（初版）
銀行名稱：合作金庫銀行南台中分行
銀行帳戶：天空數位圖書有限公司
銀行帳號：006－1070717811498
郵政帳戶：天空數位圖書有限公司
劃撥帳號：22670142
定　　價：新台幣 380 元整
電子書發明專利第　I　306564　號
※如有缺頁、破損等請寄回更換

天空家族 Family Sky
企業總部 Conglomerate

服務項目：個人著作、學位論文、學報期刊等出版印刷及DVD製作
影片拍攝、網站建置與代管、系統資料庫設計、個人企業形象包裝與行銷
影音教學與技能檢定系統建置、多媒體設計、電子書製作及客製化等
TEL　：(04)22623893　　MOB：0900602919
FAX　：(04)22623863
E-mail：familysky@familysky.com.tw
Https　://www.familysky.com.tw/
地　址：台中市南區忠明南路 787 號 30 樓國王大樓
No.787-30, Zhongming S. Rd., South District, Taichung City 402, Taiwan (R.O.C.)